AF461708

(Voyez : Yb. 1650, ex. dif.
cf. cul de lampe au bas
de la préface.)

INTRODUCTION
A LA LECTURE
DES ODES
DE PINDARE.

PAR MR. J. L. BRIDEL.

Vos Exemplaria Græca
Nocturnâ verſate manus, verſate diurnâ.

A LAUSANNE,
CHEZ MOURER, CADET,
Et à PARIS,
CHEZ SERVIERE,
Rue St. Jean de Beauvais.

M. DCC. LXXXV.

PREFACE.

IL eſt impoſſible de ſe livrer à l'étude, ſans ſe laiſſer entraîner vers un genre plutôt que vers un autre. Trop foible pour tout embraſſer, ennemi de l'incertitude, dirigé par de ſecrets penchants, l'eſprit veut enfin ſe fixer. Après quelques momens paſſagers d'irréſolution, le mien s'attacha à l'étude de la Langue Grecque. Sans meſurer l'immenſe carriere qui ſe préſentoit devant moi; trop ardent pour craindre les obſtacles; trop jeune pour redouter un long travail, je me livrai à cette paſſion naiſſante. Elle m'arrachoit à des études plus néceſſaires; elle nuiſoit à ma fortune; mais je n'étois pas encore parvenu à cet âge où l'on ne cultive ſes talens, où l'on ne recherche des connoiſſances qu'après avoir froidement calculé les avantages qu'on peut en retirer. Je trouvois dans la Littérature Grecque, les ſources de la Mythologie, de l'Hiſtoire, de la Philoſophie, des beaux arts; cela ſeul ſuffiſoit pour m'engager à la perſévérance. Mais de tous les chefs-d'œuvres, objets de mon étude, aucun ne me charma autant que

Pindare. Tour-à-tour critiqué avec aigreur, ou loué ſans meſure; ſouvent nommé, très-peu connu; ce grand Poëte ſembloit avoir, plus qu'un autre, quelque droit à mes foibles recherches. Les difficultés même aiguiſoient ma curioſité; & loin de me rebuter, m'encourageoient à de nouveaux efforts. Dans les inſtans que je dérobois à ſa lecture, je recueillis tout ce qu'on avoit écrit ſur ſa vie; je fis quelques obſervations ſur ſon ſtyle, quelques remarques ſur la marche de ſes Odes. Ce ſont ces morceaux, auparavant épars, que je raſſemble en ce moment, & que j'offre au Public, espérant qu'il recevra ce petit essai avec indulgence, & qu'il daignera encourager les premiers efforts d'une plume naissante.

DISCOURS

DISCOURS PREMIER SUR LA VIE DU POETE PINDARE.

PINDARE tiroit ſon origine des Ægides deſcendans de Theſée, qui formoient une tribu conſidérable à Thèbes. C'eſt lui-même qui nous apprend cette particularité dans la cinquieme Pythique : *nés dans ton ſein, vinrent à Théra les Ægides, mes illuſtres ancêtres.* Mais quoique cette famille eût autrefois joui d'un grand pouvoir, qu'elle eût accompagné les Héraclides retournant à Sparte, qu'elle eût fondé Théra & Cyrenes, qu'elle eût vu naître dans ſon ſein les ancêtres d'Arcéſilas, Roi de cette derniere ville ; cependant la branche qui ſubſiſtoit à Thebes, étoit retombée dans la pauvreté & dans l'oubli. Né de parens obſcurs, ſans crédit, ſans fortune, Pindare n'auroit point vu ſon nom inſcrit & conſervé dans les archives de l'hiſtoire, ſi par ſes ouvrages immortels, il ne ſe fut élevé au deſſus du commun des hommes, & s'il n'eût, à force de talens, réparé l'injuſtice de la fortune.

Quelques auteurs prétendent que ſon pere s'appelloit Pagonide, & ſa mere Murtis; que celle-ci, après la mort de ſon premier époux, pour ſe conſoler des ennuis du veuvage, ou pour donner un appui à ſon fils jeune encore, s'unit à un nommé Scopélinus, honnête joueur de flûte. Découvrant dans cet enfant les plus heureuſes diſpoſitions, Scopélinus crut devoir les cultiver, & le plaça chez l'homme le plus ſpirituel de ſon ſiecle, Laſus d'Hermione, poëte & muſicien, qui lui enſeigna les regles de ſon art, & qu'il ne tarda pas à ſurpaſſer.

Pindare vint au monde environ 520 ans avant l'ere Chrétienne, le jour même que l'on célébroit les jeux Pythiques; ce qui, pour me ſervir des paroles de Plutarque, *fut un préſage de la gloire qu'il devoit acquérir par des hymnes en l'honneur de ce Dieu.* Il fut contemporain d'Eſchyle, de Sophocle, de Simonide, de Bacchilides, &c.

Né dans un petit bourg de Béotie, nommé Cynocéphale, il vint bientôt s'établir à Thêbes, théatre plus digne d'éxercer ses talens; c'est pourquoi Horace le désigne par l'épithête de Cygne Thébain, *Olorem Dircæum.* Les Thébains, pour le dire en passant, s'appelloient *Dircæi*, du nom de cette fontaine qui couloit près des murs de Thêbes, où plutôt de celui de cette ancienne Reine de Béotie, célebre dans la fable par la vengeance qu'en tirerent les fils d'Antiope, en l'attachant à la queue d'un taureau indompté. Pindare lui-même parle de Thêbes, comme étant sa patrie, dans la sixieme Olympique. *Dans cette ville*, dit-il, *dont je bois les eaux délicieuses*, *composant différens hymnes pour les héros vainqueurs dans les combats.* Et plus particulierement dans la premiere Isthmique où le poëte s'écrie : *Illustre Thêbes, o ma mere ! je préfere à mes occupations le plaisir de te célébrer.*

La Béotie étoit en fort mauvaise réputation chez les Grecs du côté de l'esprit & des connoissances; regardés comme grossiers & stupides, tournés perpétuellement en ridicule, méprisés, avilis, ses habitans avoient donné lieu au proverbe, *c'est un porc de Béotie*. Pindare ne l'ignoroit pas; il y fait allusion dans la sixieme Olympique „ Enée (c'étoit le „ chef des Musiciens) encourages tes com- „ pagnons à célébrer Junon Parthénien- „ ne, & fais connoitre que nous avons „ fui ce reproche ignominieux, *porc de* „ *Béotie*". Cependant, soit que la nature voulût venger ce peuple du mépris dont il étoit accablé, soit qu'elle fasse de tems en tems des efforts inattendus, elle dédommagea les Béotiens, en faisant naître parmi eux plusieurs grands hommes. Sans compter Bacchus & Hercule, les Epaminondas, les Pelopidas, les Plutarques, & sur-tout notre poëte, illustrerent leur patrie, & l'égalerent aux plus fameuses Républiques de la Grece.

Pindare épousa la belle, la séduisante Timoxene. „ Si tu peux, dit-il dans „ un fragment, si tu peux contempler „ le front de Timoxene rayonnant de „ beauté, sans éprouver la fermentation „ du dévorant desir, tu as la trempe „ froide de l'acier, tu as la dureté invin- „ cible du diamant".

De cette aimable épouse, il eut un fils nommé Daïphante, & deux filles, Polimête & Protomaché. Les Scholiastes prétendent que c'eſt d'elles qu'il parle, quand il dit dans la troiſieme Pythique ; „ je „ veux adreſſer mes prieres à Pan & à „ Cibèle mere des Dieux, à cette reſpec- „ table Déeſſe que de jeunes filles vont „ ſouvent invoquer de nuit, dans ſon tem- „ ple, ſitué non loin de mon veſtibule".

Notre poëte eut auſſi un frere nommé Erotime ou Erotion, dont l'hiſtoire ne nous apprend autre choſe, ſinon qu'il étoit bon chaſſeur, & ſurtout bon athlette, ſoit au pugilat, ſoit à la lutte. L'un & l'autre de ces arts étoient fort eſtimés chez les Grecs.

Ami du merveilleux, le vulgaire s'imagine toujours qu'il doit y avoir quelque choſe d'extraordinaire dans la vie de ceux qui le ſurpaſſent par la grandeur de leur génie, & qui l'étonnent par la beauté de leurs productions. C'eſt ce qui donne lieu à ces fables débitées ſi légérement ſur le compte des grands hommes, & recueillies avec tant d'avidité. Pindare, dit-on, *fut nourri par des abeilles*; rapportée par différens auteurs, cette fable l'eſt auſſi de différentes manieres.

Ælien joint notre poëte à pluſieurs hommes qui paſſoient pour avoir été nourris par des animaux. Voici ſes paroles : „ les Phrygiens rapportent que „ Midas encore jeune, s'endormit, & „ que des fourmis, étant entrées dans sa „ bouche, le nourrirent, en lui apportant „ du bled avec beaucoup de soin & de „ complaisance ; des abeilles firent un „ rayon de miel dans la bouche de Pla- „ ton ; & Pindare exposé loin de la mai- „ son paternelle, fut pareillement nourri „ par des abeilles, dont le miel lui servit „ de lait ".

Dans son voyage en Grece, Pausanias raconte cette anecdote un peu plus en détail. „ Ce poëte, dit-il, un jour d'été, „ qu'il alloit à Thespies, ville consacrée „ aux Muses, se trouva si fatigué de la „ chaleur, qu'il se coucha sur la terre „ près du grand chemin, & s'endormit ; „ pendant son sommeil, des abeilles vin- „ rent se reposer sur ses levres, & y lais- „ serent un rayon de miel, présage de „ ce qu'on devoit un jour attendre de „ lui ".

Demander la raison de cette fable, je l'ai déja insinué ; chercher ce qui peut y avoir donné lieu, c'est s'exposer à ne recevoir qu'une réponse vague & hazardée ; il ne seroit cependant pas impossible d'en donner une explication allégorique & vraiſemblable, puiſque notre ſiécle eſt celui des allégories.

Pindare ſe rend à Theſpies, lieu conſacré aux Muſes, pour exprimer le genre d'occupation auquel il ſe livra, *la poéſie.* Pendant l'*été*, c'eſt-à-dire, qu'il étoit dans l'âge des paſſions & de l'enthouſiaſme, dans ces momens où l'on poſſede un cœur de flamme, & où l'on écrit en caracteres de feu. *Il eſt fatigué par la chaleur.* Eh ! quel eſt le jeune poete qui n'ait pas été quelquefois dégouté par les peines, les ſoins & les veilles qu'exige le talent qu'il cultive, & à quoi peut-on mieux comparer ſon état dans ces momens de dégoût & d'ennui, qu'à celui d'un voyageur fatigué par une chaleur exceſſive ? *Il ſe couche à terre auprès du grand chemin*, pour marquer qu'il ſe délaſſa par de petites pieces fugitives, dans leſquelles il ne s'aſſujettiſſoit pas aux regles ordinaires. *Des abeilles viennent ſe repoſer ſur ſes levres, & y dépoſent un rayon de miel*; les abeilles ſont l'emblême du poete, qui compoſe ſes chants de mille ingénieuſes idées, comme celles-ci compoſent leur miel du ſuc de mille fleurs: *le miel* n'eſt-il pas auſſi le ſymbole des vers? n'en repréſente-t-il pas & la douceur & l'harmonie ?... *Nos quoque ludimus.*

Pindare vit la Grece en proie aux fureurs de la guerre. Les troupes de Xerxès l'inondoient. Ses campagnes étoient couvertes des drapeaux des Barbares. Il n'y avoit que l'héroïſme républicain qui put la ſauver. Cependant notre poëte témoigna peu de courage en ce preſſant danger. Saiſi d'épouvante, il eut part à l'infamie de ceux qui firent de bonne heure leur accommodement avec le roi Barbare, contre le commun conſentement de la Grece.

Les poëtes ne ſont pas ordinairement bons ſoldats. Pour un Tyrtée', combien ne pourrions-nous pas compter parmi eux de Therſites ? Archiloque, dans un combat contre les Sayens, jetta ſon bouclier pour fuir plus commodément. Dans les champs de Theſſalie, Horace s'enfuit auſſi ſans bouclier, il l'avoue lui-même,

—— Et celerem fugam
Senſi, relictâ non bene parmulâ.

Chez les Athéniens, les poëtes furent diſpenſés d'aller à la guerre, depuis qu'Eupolis le Comique eût eu le malheur cent ans après Pindare, de ſe noier dans un combat naval durant la guerre du Pelopouesse, & l'on ne s'apperçut point de leur absence dans les armées.

Possédant au plus haut degré le talent divin de soumettre les mots à la cadence, & d'instruire par le moyen de l'harmonie, Pindare mérita les applaudissemens de la Grece entiere. Estimé de ses concitoyens, chéri des étrangers, il l'étoit surtout des Athletes, qui se faisoient un honneur de l'avoir pour panégyriste de leurs victoires, & ne connoissoient rien de plus flatteur après les palmes d'Olympie, que d'être le sujet de ses chants immortels.

Alexandre, fils d'Amintas, Roi de Macédoine, distingué par sa justice & par sa libéralité, l'étoit encore par son amour pour les beaux arts. Avide de connoissances, il attiroit à sa Cour par l'espoir des richesses, tous ceux qui excelloient dans la musique, dans la poésie ou dans la peinture. Grand admirateur de notre poete, jaloux de le posséder, il ne manqua point de l'appeller auprès de lui, & le combla de présens.

Le poete Thébain se rendit aussi à Syracuse, & visita la Cour de Gélon & d'Hiéron, auprès desquels il jouit d'une très-grande considération. De concert avec le poëte Simonide, il cultiva l'esprit, & forma le cœur de ce dernier Prince, que son application continuelle au métier de la guerre avoit rendu grossier, impérieux & cruel. Tourmenté par une maladie longue & douloureuse, (la gravelle) Hiéron trouva dans la conversation de notre poëte l'oubli de ses maux présens, & des consolations pour l'avenir.

Quoique ce Prince fut puissant, & compté parmi les plus grands Rois de son siecle, Pindare assuré de son amitié & de son estime, ose souvent lui donner le titre d'ami, nom sacré qu'il donne aussi à Arcésilas, Roi de Cyrenes. Cette familiarité entre un grand Prince & un homme grand par ses talens, fait autant l'éloge de celui qui la mérite que de celui qui la permet. Je ne connois qu'un seul poëte de nos jours qui ait osé prendre une semblable liberté; mais aussi il n'y a qu'un Roi de Prusse. Si l'on honoroit & encourageoit un peu plus les hommes à talents, il y en auroit assurément davantage.

Sint Mecenates, non deerunt, Flacce, Marones
Dulci sonum, mollis Zephyrus demulcet Olorem
Et vatum stimulat, pectora dives honor. Néotéricus.

La déclaration de la Prêtresse de Delphes ne contribua pas peu à établir parmi les Grecs, la réputation de Pindare. „ Apollon, dit-elle un jour, vous ordonne de lui donner la moitié des prémices apportées dans ſon temple ". C'eſt pourquoi lorſqu'il aſſiſtoit aux ſacrifices, le Pretre lui crioit à haute voix de venir prendre place aux banquets de ce Dieu. C'étoit ſans doute en reconnoiſſance des hymnes qu'il avoit compoſé à la louange d'Apollon, & qu'il venoit chanter dans le temple de Delphes, aſſis ſur une chaiſe de fer, qu'on montroit encore du tems de Pauſanias, & que l'on conſervoit comme un reſte précieux d'antiquité.

Je vais rapporter quelques anecdotes qui ſerviront à prouver la baſſe jalouſie de ſes compatriotes, la générosité des Athéniens, & le prix infini que l'on mettoit à ſes moindres éloges.

Ayant accordé dans une de ſes odes, à la cité d'Athênes, le ſurnom de *Megalopolis*, (ville magnifique,) les Thébains irrités le condamnerent à une amende, que les Athéniens eurent la générosité de payer. Il eſſuya le même traitement pour avoir dit dans un endroit, qu'Athênes *étoit le ſoutien de la Grece*; mais il reçut encore de cette République deux mille drachmes; c'étoit le double de ce qu'il avoit été condamné à payer. Cette louange de Pindare avoit fait dire à un plaisant de Lacédemone que, *si la Grece n'avoit point d'autre soutien, elle seroit bientôt par terre.*

Il paroit que Pindare aimoit beaucoup Athènes & ses habitans, puisqu'il ne laisse passer aucune occasion de les louer & de rappeller leurs exploits. Parle-t-il d'Artémisium ? Il ajoute avec énergie : *ville où les fils des Athéniens jetterent l'illustre fondement de la liberté.*

Admirateur de ses talens, flatté de la préférence que Pindare lui accordoit, le peuple Athénien lui fit dresser une statue d'airain devant le *portique royal*, près du Temple de Mars; honneur que ses compatriotes n'avoient pas daigné lui accorder. Cette statue le représentoit assis, la lyre en main, la tète ceinte d'un diadème, tenant sous ses pieds un livre déroulé. On la voyoit encore du tems de Pausanias.

Il est surprenant qu'il n'y eut chez les Thébains, ni statue, ni tableau de leur illustre concitoyen, pendant qu'ils avoient accordé cette marque d'estime à un simple musicien nommé Cléon, qui n'est presque pas connu ; ce qui me confirme dans la pensée qu'ils n'avoient ni assez d'esprit, ni assez de goût, pour être les plus spirituels de la Grece.

Pindare essuya sur la fin de ses jours quelques revers dont on ignore & la nature & la cause. Mais de tous les chagrins qu'il éprouva, aucun ne lui fut plus sensible, que la victoire que Corinne remporta cinq fois sur lui dans les jeux publics, où se disputoit le prix de la poésie.

On demandera, s'il lui étoit inférieur, ou si l'injustice & la prévention dicterent un semblable jugement : c'est ce qui mérite d'être examiné.

1°. Corinne étoit *femme*...celles-ci pour l'ordinaire, sont plus propres à la poésie que les hommes ; la délicatesse de leur goût, la finesse de leur oreille, une certaine teinte plus douce, plus sentimentale, caractérisent leurs vers ; elles ont peut-être moins de force & d'énergie, mais elles ont toujours plus de graces & d'agrément ; & quand il s'agit de poësie, il me semble qu'on a droit d'exiger ce que l'on demandoit autrefois des Lacédémoniennes, *quelques beautés de moins, quelques graces de plus.* Elles ne suivent pas si fidellement les regles de l'art, mais elles connoissent mieux les passions; elles n'étonnent pas, elles se contentent d'émouvoir. On opposera qu'on n'a jamais vu de femmes égaler les Homere, les Horace, les Virgile, les Klopstok: non sans doute; mais j'ose assurer que nous en aurions vu, si par jalousie, par orgueil ou par préjugé, nous n'avions pas attaché du ridicule aux femmes savantes; par là nous les empêchons de s'instruire; par-là des génies surnaturels languissent faute de culture. Le petit nombre de celles qui ont osé braver cette opinion aussi ridicule qu'ancienne, Sapho chez les Grecs, Madame Deshoulieres, Madame du Bocage chez les François, Hotta chez les Italiens, & tant d'autres, confirment assez ma pensée.

2°. Corinne connoissoit parfaitement les regles de la poésie, & les agrémens dont elle est susceptible; on l'appelloit même la Muse lyrique, ou la dixieme Muse. Eleve du fameux Lasus, elle donna plus d'une fois d'excellens avis à Pindare; elle lui conseilla par exemple, si l'on en croit Plutarque, de négliger un peu moins le commerce des Muses, & de mettre en usage la fable, qui devoit être, pour s'accommoder au goût du siecle

dans lequel ils vivoient, le fond principal de la poesie, & auquel les figures d'élocution, le rythme & la versification ne devoient servir que d'assaisonnement: dans le dessein de profiter de cette leçon, Pindare composa une ode que nous n'avons plus, mais dont Lucien nous a conservé les premiers vers, & l'ayant soumise à la critique de Corinne, celle-ci ne put s'empècher de lui dire en souriant, *qu'il falloit semer avec la main, & non verser à plein sac*, comme il avoit fait dans cette piéce où il amenoit à la file, tous les Dieux de l'Olympe, & où il sembloit avoir pris à tache de rassembler & d'entasser toutes les fables de l'Antiquité. Cependant elle conçut une haute estime pour lui, estime d'autant plus flatteuse, que courant la même carriere, elle étoit d'un-côté plus en état d'apprécier son mérite, & de l'autre, moins suspecte dans ses jugemens. Car comme le dit Hésiode " le Potier, l'Ar-
„ tisan, le Mendiant, le Poete, tous re-
„ gardent d'un œil jaloux, les talens de
„ leurs confreres „.

3°. Non seulement elle connoissoit parfaitement les régles de la poësie, mais elle étoit la plus belle & la plus spirituelle femme de la Grèce; aucune n'eut jamais plus de génie, & ne rassembla plus de connoissances : elle se rendit si célèbre par ses talens & par sa beauté que depuis elle, le nom de Corinne fut donné aux femmes qui se distinguerent par ces deux avantages, témoin la Corinne d'Ovide.

Toutes ces raisons pourroient facilement induire en erreur les personnes qui ne jugent que sur les apparences, & leur faire croire que Pindare lui étoit inférieur, ce qui est fort éloigné de la vérité. " Pindare, poete Thébain, nous
„ dit Ælien, jugé par des hommes sans
„ goût, fut vaincu cinq fois par Corin-
„ ne, & il la citoit comme une preuve
„ de leur stupidité. " Outre cela Pausanias dont l'avis n'est pas à mépriser, s'exprime ainsi sur le même sujet; " les
„ Tanagréens ont choisi l'endroit le plus
„ apparent de leur ville, pour y placer
„ le tombeau de Corinne, la seule femme
„ de Tanagre qui ait composé des odes
„ & des chansons. Ils ont aussi mis son
„ portrait dans le lieu d'exercice : elle
„ est représentée la tète ceinte d'un ru-
„ ban, pour marquer le prix de poésie
„ qu'elle remporta à Thèbes, sur Pin-

„ dare: je crois que le prix ne lui fut
„ adjugé, qu'à cause du dialecte dont
„ elle se servit; car ses vers n'étoient
„ pas en langage Dorien, comme ceux
„ de son antagoniste; mais dans un lan-
„ gage que les Eoliens pouvoient plus
„ facilement entendre, & d'ailleurs elle
„ étoit la plus belle femme de la Grèce
„ à en juger par son portrait ".

Nous découvrons ici les véritables causes de sa victoire, & de la défaite de Pindare: non seulement le dialecte dont elle se servit, lui fut avantageux; mais de plus, comme je l'ai déjà observé, elle étoit jeune & belle; elle récitoit ou chantoit elle-même ses vers, en les accompagnant du son de sa lyre harmonieuse: sa main se promenoit avec graces, sur les cordes de cet instrument, qui palpitoient pincées par ses doigts d'albâtre; elle employoit auprès de ses auditeurs tout le manége de la plus séduisante coquetterie: la plûpart de ceux qui devoient juger, étoient dans cet âge heureux où l'on s'enthousiasme si aisément pour la beauté.... Que falloit-il de plus pour faire succomber son rival? S'il en avoit appellé à la décision des dames Grecques, il eût obtenu infailliblement la couronne.

Arrêtons-nous un moment pour examiner le paſſage d'Ælien que nous avons déjà cité, & dans lequel il parle de la victoire de Corinne. Ce paſſage ſe lit & s'interprête fort différemment. Les uns accuſent notre poëte d'avoir ſouffert impatiemment la préférence accordée à Corinne, & de l'avoir confondue avec le plus grand nombre de ſes compatriotes connus par l'épithéte, *de Porcs de Béotie*: ceux qui admettent ce ſentiment, les *Scaliger*, les *Livinius*, liſent *hun*, ou *ſun ekalei tein korinnein*; ce qui ſeroit aſſurément très-peu galant, & ne donneroit pas une bonne idée de la politeſſe de Pindare; mais il n'en uſa pas ſi groſſiérement, s'il faut en croire *Pierre du Faux*, & *Colomiés* qui s'en tiennent à l'ancienne verſion *Sunekalei*; c'eſt-à-dire, qu'il en appella de ce jugement inique à Corinne elle-même, ou qu'il la fit venir devant les juges, & ſe plaignit de leur injuſtice en préſence de ſa rivale. Mais ce ſentiment n'eſt appuyé ſur aucune raiſon ſolide. Qu'il me ſoit donc permis de dire que l'une & l'autre de ces interprétations me paroiſſent vicieuſes, & qu'en laiſſant ſubſiſter le texte & en l'expliquant comme je l'ai fait, on eſt forcé de convenir que le ſens que je lui donne eſt plus vrai & plus conforme au génie de la langue grecque.

On impute ordinairement à notre poëte deux défauts que je vais examiner & diſcuter. Le premier, c'eſt d'avoir été intéreſſé & même avare. Malheureuſement ce reproche n'eſt pas ſans fondement. Il proſtitua le plus beau des talents, celui de parler le langage des Dieux, & de pouvoir tranſmettre à la poſtérité, ſur les aîles de harmonie, le ſouvenir des grandes vertus. Il écrivit toujours pour de l'argent. Sa Muſe fut mercénaire; & les louanges qu'il donna furent moins un hommage rendu aux talens & au mérite, que le prix de l'or qu'il avoit reçu ou qu'il eſpéroit de recevoir. Voici ſes propres paroles. " Les Muſes n'étoient alors, „ ni avides, ni mercénaires. Les chants „ tendres & harmonieux, ces chants „ qui inſpirent la plus douce langueur „ & que compoſe Terpſicore, ne ſe „ vendoient point encore. L'on ne „ plaçoit pas à la tête de ſon ouvrage, „ le prix que l'on en exigeoit. Mais au„ jourd'hui, l'on doit conſerver dans ſa „ mémoire cette parole qui eſt très-pro„ che de la vérité, & qui fut pronon-

„ cée par un Argien (Ariſtodéme de Spar-
„ te.) O homme, diſoit-il, des richeſſes,
„ des richeſſes, celui qui n'en a point
„ manque auſſi d'amis ! Vous êtes intel-
„ ligent... Je ne vous tiens pas un langage
„ inconnu ". Il appelle ailleurs *l'argent*, aſtre éclatant, lumiere de l'homme.

Il eſt vrai que Pindare étoit pauvre, qu'on ne doit pas rougir de s'enrichir par des moyens honnêtes, que les talens peuvent réparer l'injuſtice de la fortune. En l'excuſant un peu, ceci ne le juſtifie cependant point à mes yeux. Il eſt beau de devoir le noble enthouſiaſme qui produit les vers à des motifs plus relevés, à la piété, à la reconnoiſſance, à l'amour, à l'indignation même, s'il m'eſt permis de la mettre ſur la liſte. Je ſuis ſaiſi de reſpect, quand j'entends dire à Juvenal, *facit indignatio verſum.* Pourquoi faut-il qu'Horace, que j'aime au deſſus de tout autre poëte latin, ait dit, *paupertas fecit me vatem ?*

Ce qu'il y a de ſingulier, c'eſt que Pindare loue ſouvent dans ſes odes la générofité, & qu'il condamne l'avarice. N'eſt-ce pas lui qui dit à la fin de la 1re Pythique ? " Si vous déſirez de jouir d'u-
„ ne brillante renommée, ſoyez libéral.

» Semblable au pilote, abandonnez vos
» voiles au vent, & ne vous laissez point,
» O mon ami, séduire par les amorces
» d'un gain sordide.

Passons au second défaut de Pindare, son amour propre ; il étoit excessif. Vous ne lirez presque aucune de ses odes où vous n'en rencontriez des vestiges. Partout il parle de son habileté dans la poésie, de la gloire qu'il procuroit aux héros, quand il les célébroit dans ses chants, de la réputation qu'il s'étoit acquise, ou de celle qu'il se promettoit. Plutarque, cet habile & judicieux critique, l'avoit bien remarqué ; *il ne cesse*, dit-il dans un petit ouvrage qui traite de la louange de soi-même, *il ne cesse de vanter son propre mérite.* Et ailleurs, il lui reproche d'avoir assuré, qu'il avoit entendu le Dieu Pan chanter des morceaux de ses poésies.

Pindare répondit au rapport du même Plutarque, à un homme qui, pour le flatter, lui disoit, qu'il le louoit par-tout & en toute occasion. *Vous pouvez, mon ami, le faire surement, car je travaille à vous empêcher de mentir.*

Il n'est aucun défaut plus insupportable dans un grand homme, que celui de relever à tout propos ſes bonnes qualités, & de courir après les éloges. On diroit qu'il cherche à humilier, à écraſer ceux qui ont moins de lumières que lui. Auſſi chacun ſe fait-il un ſecret plaiſir d'abaiſſer ſon orgueil; tandis qu'un homme modeſte qui paroît s'oublier lui-même pour ne penſer qu'au mérite des autres, qui tâche de ſe mettre à la portée de tous ceux qui vivent avec lui, obtient ſans effort & ſouvent ſans y prétendre, l'hommage que l'on refuſe à l'avidité du premier. J'aime cependant que l'on ſe connoiſſe aſſez pour s'eſtimer ſoi-même, & pour avoir cette énergie, cette nobleſſe de ſentimens, qui devroient toujours accompagner les vrais talens.

Horace qui cherche ſi ſoigneuſement à imiter Pindare, l'imite juſques dans ce défaut; comme le poete Thébain avoit dit: " ni les tempêtes impétueuſes de „ l'hiver, armée terrible qui naît dans „ le ſein de la nue murmurante, ni le „ vent qui emporte tout en tourbillon„ nant, ne pourront jamais abîmer mes „ ouvrages dans les gouffres de la mer". Le poete de Rome dit à ſon imitation,

Exegi monumentum ære perennius,
Quod non imber edax, non aquilo impotens
poſſit diruere.

Malherbe qui n'a pas moins d'amour propre, les imite l'un & l'autre, quand il dit au Roi ſon maître :

> Mais qu'en de ſi beaux faits vous m'ayez pour témoin,
> Connoiſſez-le, mon Roi, c'eſt le comble du ſoin,
> Que de vous obliger ont eu les deſtinées.
> Tous vous ſavent louer, mais non également,
> Les ouvrages communs vivent quelques années ;
> Ce que Malherbe écrit, vit éternellement.

Clément d'Alexandrie prétendoit que Pindare étoit Pythagoricien. L'avoit-il lu dans quelques hiſtoriens ? je n'en connois aucun qui le diſe. Avoit-il cru trouver dans les propres écrits de ce poëte, la preuve de ce qu'il avançoit ? Pour moi, je ne vois dans les ouvrages qui nous reſtent de lui que deux ou trois paſſages, qui puiſſent authoriſer & appuyer ce ſentiment. Je vais les expoſer, laiſſant au lecteur la liberté d'en penſer ce qu'il voudra.

1°. Pythagore prétendoit que l'ame paſſoit par différens corps, & ſubiſſoit diverſes métamorphoſes, juſqu'à ce qu'étant dégagée des liens du corps, & s'étant purifiée des taches qu'elle avoit contracté par le commerce des ſens, elle put s'envoler au ſéjour des bienheureux, où elle jouiſſoit d'un repos & d'une félicité ſans bornes, dans la compagnie des Dieux inférieurs ou Démons, ſe transformant en leur nature, & pouvant même s'élever dans la ſuite par une vertu très-épurée, juſqu'à la perfection des Dieux céleſtes. Au lieu que les ames coupables de grands crimes, & qui, dans toutes les métamorphoſes qu'elles avoient ſubies, conſervoient cette pente vers le mal, demeuroient toujours attachées vers la terre, où elles étoient entraînées par le poids de leurs vices.

Tel eſt ce fameux ſyſtême de la métempſicoſe, auquel Pindare fait viſiblement alluſion dans la ſeconde Olympique. Ce dogme s'y trouve même expliqué auſſi clairement que dans aucun morceau conſervé juſqu'à-préſent. " Tous ceux, dit-„ il, qui auront ſubi trois métamorpho-„ ſes, qui dans trois corps différens, „ auront préſervé leur ame de toute ac-„ tion criminelle, ont accompli la tâche „ qu'ils avoient à faire, & parcouru la „ route qui conduit au palais de Saturne ".

2°. Pythagore cultivoit avec ſoin la muſique, non-ſeulement il prétendoit qu'elle pouvoit adoucir, calmer & modifier les affections de l'ame; mais il la regardoit

gardoit comme un remede ſouverain pour les maladies du corps ; il penſoit que ceux dont l'ame étoit corrompue par le vice & endurcie par le crime, en étoient affectés déſagréablement, pendant qu'elle faiſoit les délices de ceux dont le cœur étoit honnête & l'imagination épurée. Selon lui, les ſphères par leurs différens mouvemens, formoient entr'elles une harmonie céleſte qui réjouiſſoit le cœur des Dieux. Voyons, en paſſant, ce qui peut avoir donné lieu à ces idées ſingulieres. Une corde de muſique donne le même ſon qu'une autre, dont la longueur eſt double, lorſque la tenſion ou la force avec laquelle la derniere eſt tendue, eſt quadruple : & la gravité d'une planete eſt quadruple de la gravité d'une autre qui eſt à une diſtance double. En général, pour qu'une corde de muſique puiſſe venir à l'uniſſon d'une corde plus courte & de même eſpece, ſa tenſion doit être augmentée dans la même proportion que le quarré de ſa longueur eſt plus grand, & afin que la gravité d'une planete devienne égale à celle d'une autre planete plus proche du ſoleil, elle doit être augmentée à proportion que le quarré de ſa diſtance au ſoleil eſt plus grand. Si donc nous ſuppoſons des cordes de muſique tendues du ſoleil à chaque planete, pour que les cordes devinſſent à l'uniſſon, il faudroit augmenter ou diminuer leur tenſion dans les mêmes proportions, qui ſeroient néceſſaires, pour rendre les gravités de ces planetes égales. On croit que c'eſt de la ſimilitude de ces rapports que Pythagore a tiré la célebre doctrine de l'harmonie des ſphères; mais ceci m'éloigne trop de mon ſujet.

L'on eſt forcé de convenir que la 1e. Pythique de Pindare, contient exactement une partie des idées de Pythagore ſur la muſique. Au vers 1er, le poëte s'écrie: „ Lyre d'or, lyre conſacrée à Apollon „ & aux Muſes déeſſes aux cheveux „ blonds, toi que les danſeurs écoutent at„ tentivement... toi l'ame de tous les plai„ ſirs, les chantres obéiſſent à tes ſons, „ lorſqu'une fois ébranlée, tu fais enten„ dre le prélude des hymnes, qui diri„ gent le chœur; tu peux éteindre même „ les feux éternels de la foudre terrible. „ Charmé par la douceur de tes accords, „ s'endort ſur le ſceptre du Maître des „ Dieux, l'aigle, ce roi des oiſeaux; tu „ répands autour de ſon bec crochu, „ un ſombre nuage qui ferme délicieuſe-

„ ment ſes paupieres; plongé dans un ſom-
„ meil profond, il ſouleve ſon dos flexible.
„ Dompté par tes accens, le formidable
„ Mars mettant de côté ſa lance noueuſe,
„ inonde auſſi ſon ame d'une volupté
„ tranquille. Tes accords inſpirés par le
„ fils de Latone, & par les Muſes, réjouiſ-
„ ſent le cœur des Dieux. Mais tous ceux
„ qui, ſur la terre ou ſur l'immenſi-
„ té des flots, ont encouru la haine de
„ Jupiter, redoutent les ſons de l'har-
„ monie ".

Ailleurs, le poëte inſinue que la muſique eſt un remede contre les maux du corps, & contre les tempêtes d'une ame agitée. Voila tous les paſſages ſur leſquels on pourroit appuyer le ſentiment de *Clément d'Alexandrie*; mais je l'ai déja dit, je ne décide rien ſur cet article, aſſez peu intéreſſant d'ailleurs.

Le même auteur ajoute que Pindare avoit connoiſſance de l'*écriture-ſainte.* C'eſt là une de ces aſſertions ſi communes aux peres de l'égliſe, & ſi peu fondée, qu'elle n'eſt pas digne de mon attention. Il y a cependant dans notre poëte des penſées très-ſemblables à ce qu'on lit dans nos livres ſacrés. Par exemple, il

dit, *les plaisirs dérobés de l'amour sont doux*, & dans le chapitre 9e. des Proverbes, il est écrit, en parlant de la femme débauchée : " elle s'est assise à la porte de
„ sa maison pour appeller ceux qui pas-
„ soient, & qui alloient leur chemin,
„ elle a dit à l'insensé, *les eaux dérobées sont*
„ *les plus douces*, & le pain pris en cachet-
„ te en est d'autant plus agréable". Pindare dit encore ailleurs : *l'homme n'est que d'un jour, le voilà, il n'est plus. Ce n'est que le songe d'une ombre.* Ce qui se trouve mot à mot dans les proverbes de Salomon, excepté que le poëte appelle le *songe d'une ombre*, ce que le Sage nomme, *l'ombre d'un songe*; c'est cette même expression que Sophocles au rapport des Scholiastes, a si heureusement imitée, dans son Ajax, où il fait dire à Ulysse, *je vois que nous ne sommes absolument que des images disparoissantes, & des ombres légères.*

Pindare se distingua par son respect pour les Dieux. Il habita, dit un ancien auteur, près du temple de Vesta, honora beaucoup cette déesse, & se rendit célebre par sa piété. Il servit aussi Pan & Apollon, en l'honneur desquels il composa des vers. Je ne dis pas qu'il crut toutes les fables qui formoient le tissu monstrueux de la théologie payenne, cela n'eſt pas même vraiſemblable. Mais quelles que fuſſent ſes idées, il crut devoir parler des Dieux en termes magnifiques, il loue ceux qui ſe conſacrent à leur ſervice, il implore leur ſecours en faveur de ſes héros.

Pindare fait ſouvent dans ſes ouvrages, dit un célebre académicien, un uſage admirable de la fable, & il l'employe avec tant d'art, que ſi l'on en excepte quelques endroits, où il ſe livre aux erreurs de ſon tems, lui qui d'ailleurs les combat preſque partout, il n'y a rien dans ſes poéſies qui ne puiſſe convenir à un théologien très-ſage. Tout y porte les hommes à la piété envers les Dieux, à l'amour de la patrie & aux vertus, dont la pratique fait le lien de la ſociété civile. Il échauffe l'ardeur du courage, & il l'inſpire même par ſes penſées & par la cadence de ſes vers; avec ces qualités, il méritoit pour le moins autant que le fameux Tyrtée, une place honorable dans la république de Sparte: il méritoit même d'être couronné dans celle du philoſophe Platon.

Il ne fit pas ſeulement connoître ſa piété par ſes vers, il voulut encore en perpétuer le ſouvenir par les monumens les plus durables. Il fit ériger à Thébes près du temple de Diane, deux statues, l'une d'Apollon, & l'autre de Mercure, Dieux tutelaires des poëtes. Pausanias nous apprend aussi, qu'il fit construire pour la mere des Dieux & pour Pan, au-delà de la fontaine Dircè, une chapelle où se voyoit la statue de Rhéa, faite par Aristomede & Socrates, fameux sculpteurs Thébains.

Le Scholiaste grec d'après un ancien auteur de la vie de Pindare qui n'existe plus, accompagne ce fait de quelques particularités. " Il dit, que Pindare & „ Olympique l'un de ses disciples, s'étant „ un jour retirés sur une montagne voi„ sine pour y être plus tranquilles, fu„ rent fort étonnés d'entendre un grand „ bruit, & de voir des flammes s'élan„ cer hors de terre, du milieu desquel„ les sortit une statue de Cybele, qui „ s'avança au-devant d'eux ; que Pindare „ vivement frappé de ce prodige, fit pla„ cer devant sa maison la statue de cette „ Déesse, après quoi il envoya à Del„ phes, pour savoir ce qu'il y avoit à „ faire en pareille occasion, & que l'ora„ cle ayant répondu, qu'il falloit bâtir „ un temple à Cibele, il le fit prompte-

„ ment conſtruire". Dans la ſuite, on rendit un culte public à la Déeſſe dans ce même édifice. Notre poëte ne borna pas à Veſta les marques de ſa piété; non content d'avoir envoyé à Jupiter Hammon des hymnes faits à ſon honneur, il lui éleva une ſtatue, ouvrage du fameux ſculpteur Calamis.

Quant aux devoirs de la ſociété & aux égards qu'exige la politeſſe, il ne s'en écarta jamais; malgré la ſublimité de ſes talens, & les honneurs dont il ſe voyoit comblé, il fut toujours d'un aimable commerce, plein d'humanité, de candeur & de bienveillance, à l'amour-propre près. Il ſe fit également aimer des Grecs & des étrangers: il ne paroît pas qu'il ait jamais déchiré la réputation de perſonne, ou même dit du mal de ſes ennemis, ſe conſolant par cette penſée, *qu'il vaut mieux faire envie que pitié*, & ſe contentant de menacer ceux qui le haïſſoient, de leur rendre la pareille.

Je ne diſſimulerai cependant pas que les Scholiaſtes diſent que Simonide & Bachilides tâchant par toutes ſortes de critiques, d'affoiblir l'eſtime qu'Hiéron témoignoit à Pindare, celui-ci par droit de repréſailles, les rabaiſſa étrangement dans l'ode à Théron, où il les compare à des *corbeaux qui croassent contre le divin Oiseau de Jupiter.* On ne pouvoit donc pas dire de la cour d'Hiéron ce qu'Horace disoit de celle de Mécenes.

Non isto vivimus illic
Quo tu rere modo. Domus hâc nec purior ulla est
Nec magis his aliena malis. Nil mî officit unquam
Ditior hic, aut est quia doctior. Est locus unicuique suus. Sat. liv. 2. Sat. 10.

Loin d'enfouir ses connoissances, il se plaisoit à les communiquer, il aimoit à enseigner les jeunes gens qui montroient d'heureuses dispositions, il trouvoit une secrette satisfaction à se former des successeurs, qui pussent dédommager ses concitoyens de sa perte.

Heureux le savant ou l'artiste, qu'une basse jalousie n'engage pas à cacher ses découvertes, qui encourage plutôt le mérite naissant, & entretient l'étincelle du génie que la moindre chose peut alimenter, comme le moindre obstacle peut l'éteindre ! La postérité parlera de lui avec respect & reconnoissance, son nom rappellera toujours la plus agréable des idées. L'avare perd ses trésors en les enfouissant, le véritable savant en dissipant les siens, les augmente.

Il est assez difficile de fixer le tems de la mort de Pindare, & de marquer au juste le nombre des années que vécut ce grand poëte. Suidas dit, qu'il mourut âgé de 55 ans. Thomas Magister rapporte que les uns lui donnoient 66 ans, quand il termina sa carriere, & que les autres poussoient ce nombre jusqu'à 80 ans, fixant l'époque de sa mort au tems où Abion étoit Archonte d'Athenes, en la 86e. Olympiade; cependant il se trompe évidemment, quand il place l'Archontat d'Abion à cette époque, puisque Diodore de Sicile ne fait pas mention de lui, & en nomme d'autres.

Mais après avoir examiné la question plus à fond, Fabricius dans sa bibliothéque grecque Tom. 1er. prouve par des raisons très-solides, qu'il vécut plus long-tems, & même jusqu'à 90 ans. En effet, Suidas assûre qu'il étoit âgé de 40 ans, lorsque Xerxès commença son expédition contre les Grecs. Diodore de Sicile ne fixe pas son âge si positivement; mais au moins il remarque que dans le même tems, il étoit à la fleur de son âge; ce qui reviendroit, suivant la façon de parler des Grecs, au ſentiment de Suidas. Xerxès fut battu à Salamine par les Athéniens la premiere année de la 75e Olympiade, 480 ans avant J. C. ce qui nous fournit une époque fixe. De plus la ſixieme Olympique fut compoſée à l'occaſion de la victoire que remporta dans les jeux Olympiques, Agéſias, citoyen de Syracuſe; événement fixé par les hiſtoriens à la 85e. Olympiade. Dans la 7e. Pythique, il chante Mégaclès, Athénien, qui vainquit pendant la 40e. Pythiade, ce qui tombe ſur la 3e. année de la 87e. Olympiade. Enfin dans la 7e. des Iſthmiques, il parle de la mort de Strepſias, qui périt dans la guerre du Péloponéſe, guerre qui ne commença que la 1ere année de la 87e. Olympiade. Si donc Pindare avoit 40 ans la premiere année de la 75e. Olympiade, & qu'il ait célébré des événemens qui ſe ſont paſſés après la 87e. à ne compter que 50 mois d'une Olympiade à l'autre, il eſt prouvé qu'il a vécu environ 90 ans.

Vraiſemblablement il mourut au théatre, frappé d'une attaque d'apoplexie; & pour donner du merveilleux à cette mort, l'on répandit le bruit, que ce poëte avoit demandé aux Dieux de lui accorder pendant ſa vie la plus grande faveur que pût obtenir un mortel, & que ceux-ci exauçant sa priere, le firent expirer au théatre dans les bras du jeune Théoxenes, qu'il aimoit passionnément.

Plutarque prétend que peu de tems avant la mort de Pindare, les Thébains, à sa sollicitation, envoyerent consulter l'oracle de Delphes, pour savoir ce qu'il y avoit de plus avantageux à l'homme pendant sa vie, & que la Pythie répondit aux députés, que celui qui les avoit envoyé, ne devoit pas l'ignorer, s'il étoit vrai qu'il eût composé l'histoire *d'Agaméde* & de *Trophonius*, mais que si, peu content de cela, il vouloit encore l'éprouver, la chose lui seroit bientôt manifestée. Ayant appris la réponse de l'oracle, le poëte pensa sérieusement à sa fin, & mourut peu de tems après dans le gymnase de Thébes. Pendant le spectacle, il s'étoit appuyé sur les genoux de Théoxenes, comme pour s'endormir, & l'on ne s'apperçut qu'il étoit mort, que par les efforts inutiles que l'on fit pour le reveiller, avant que de fermer les portes.

Une remarque qu'il est nécessaire de ne pas perdre de vue pour l'intelligence de ce morceau, c'est que l'on voit clairement par divers passages de l'antiquité, que l'on regardoit alors le trépas, comme préférable à la vie, & que l'on envifageoit comme un grand bonheur de mourir jeune, au fein de la profpérité, avant que les maladies du corps, les revers, & les glaces de la vieilleffe, euffent fait fuccéder l'infortune & l'ennui aux charmes des plaifirs paffés.

Les Thébains ne connurent tout le mérite de leur compatriote qu'après fa mort: ils lui éleverent un magnifique tombeau. Paufanias le vit dans fon voyage en Grece. " Quand vous avez monté, dit-il, „ la terraffe qui fert de Stade, vous „ trouvez à droite une lice pour les cour„ fes de chevaux, au milieu de laquelle „ eft le tombeau de Pindare ".

Sa gloire ne finit point avec fa vie; il la conferva au-delà du tombeau : elle fera éternelle. On rendit plus d'une fois en Grece honneur à fa mémoire. Les Lacédémoniens s'étant emparé de la ville de Thebes, & l'ayant livrée aux flammes & au pillage, épargnerent la maifon qu'il avoit occupée, en y mettant cette infcription : *ne brulez pas le toit du poete Pindare.*

Alexandre ayant pris dans la fuite la même ville, fit vendre tous les hommes libres, à l'exception des facrificateurs;

il accorda la même grace aux enfans de ceux qui avoient exercé l'hospitalité à l'égard de son pere, car Philippe avoit été en otage à Thébes pendant sa jeunesse : il respecta aussi les descendans du poete Pindare, & sa maison fut la seule qu'il laissa subsister.

Plutarque rapporte un fait qu'il avoit vu de ses propres yeux, & qui prouve combien sa mémoire étoit respectée ; il assure, que dans les sacrifices qui se faisoient à l'honneur de tous les Dieux, il y avoit une portion choisie, que le héraut réservoit pour les descendans de ce poete : rappellez-vous, dit-il, ce qui est „ arrivé dans les Théoxénies, & n'oubliez jamais l'excellente portion que les „ hérauts ont déclaré devoir être assignée aux descendans de Pindare, & „ combien cette marque de distinction „ vous parut digne d'éloge, combien elle „ vous causa de plaisir. Qui est ce qui „ n'est pas charmé de la délicatesse d'un „ tel hommage, qui fait la gloire des „ Grecs, & qui remonte a la plus haute antiquité ? c'est seulement celui qui „ a un cœur corrompu & *pétri de glace*, „ pour me servir des propres paroles de „ ce poete ".

Pausanias nous a conservé une anecdote fabuleuse, qui trouve naturellement place ici. Sur la fin de ses jours, Pindare eût une vision, Proserpine lui apparut en songe, se plaignant d'être la seule divinité qu'il n'eût pas célébrée dans ses vers, mais ajouta-t-elle, j'aurai mon tour; quand je vous tiendrai dans mon empire, il faudra bien que vous composiez un hymne en ma faveur; Pindare ne vécut que 10 jours après ce songe. Il y avoit à Thébes une femme respectable, parente du poëte & qui chantoit fort bien ses odes, elle vit en songe Pindare lui-même, qui lui chanta un hymne, en l'honneur de Proserpine; à son reveil, elle s'en rappella & l'écrivit. Voilà tout ce que j'ai pu rassembler sur la vie, les actions, & le caractere de ce poéte.

O Pindare! O le premier des Lyriques! tu es maintenant renfermé dans un monument étroit; on ignore le lieu où ta cendre paisible repose: le voyageur la foule peut-être aux pieds sans la connoître. Mais qu'importe? ta mémoire ne finira point; ton nom passera d'âge en âge; il sera transmis brillant de gloire, à la postérité la plus reculée. Ombre illustre, viens quelquefois me visiter, m'inspirer, m'encourager, lorſque dans les nuits ſombres & ſilentieuſes, à la pâle lueur d'une lampe ſolitaire, loin du tumulte du monde, je médite ſur tes ouvrages & ſur les autres chefs-d'œuvres de l'antiquité : fais que mon nom à l'aide du tien, échappe, s'il ſe peut, aux ravages du tems qui détruit tout, excepté le ſouvenir des vertus & les productions du génie!

DISCOURS
SECOND.

Du ſtyle de Pindare.

PASSONS maintenant à quelques réflexions ſur le ſtyle de Pindare; mais pour expliquer, & ſes beautés, & ce qu'on appelle ſes défauts, il faut remarquer que l'enthouſiaſme forme le caractere diſtinctif de notre poete. Qu'eſt-ce que l'enthouſiaſme poetique? Mr. Fraguier, membre de l'académie des inſcriptions & belles-lettres, va nous l'apprendre. Le morceau eſt trop beau, trop éloquent, pour ne pas le tranſcrire en entier.

„ Je ſuppoſe, dit-il, qu'un homme poëte & plein de ſon ſujet, après en avoir à-peu-près diſtribué toutes les parties, & en avoir tracé une légere ébauche dans un repos entier, dont la tranquillité n'eſt troublée par rien, s'applique enſuite à enviſager le tout enſemble, avec une forte attention, bientôt ſon eſprit s'échauffe, ſon imagination s'allume, toutes les facultés de ſon ame ſe reveillent, pour concourir à la perfection de ſon ouvrage, & le feu qui l'anime, répandant l'éclat d'une lumiere brillante, lui découvre, comme autrefois Venus à Enée, ce qu'avant cela, il n'étoit pas en état d'appercevoir. Tantôt les penſees nobles & les traits les plus brillants, tantôt les images tendres & gracieuſes, tout cela vient ſe préſenter en foule avec une ſuite de choſes agréables, empreſſées, pour ainſi dire, à ſe placer d'elles-mêmes; ſouvent auſſi la chaleur de l'enthouſiaſme s'empare tellement de ſon eſprit, qu'il n'en eſt plus le maitre, & que s'il lui reſtoit dans ce moment quelque autre ſentiment, que celui de ſa compoſition, ce ſeroit pour ſe croire l'organe de quelque divinité. Ces différentes impreſſions produiſent des effets différens, des deſcriptions quelquefois nobles, riches, élevées, des comparaiſons juſtes & vives, des traits de morale lumineux, des endroits heureuſement empruntés de l'hiſtoire ou de la fable, & des digreſſions mille fois plus belles que le fond de ſon ſujet. L'harmonie, l'ame des beaux vers, ne ſe fait point en ce moment chercher par le poëte, les expreſſions nobles & les cadences heureuſes s'arrangent toutes ſeules, comme autrefois les pierres ſous la lyre d'Amphion. Rien ne reſſent ni l'étude, ni le travail. Une méditation profonde, conduite par une raiſon ſcrupuleuſe & délicate, ni la beauté même de l'eſprit, quelques grandes qu'elles puiſſent être, ne peuvent jamais toutes ſeules produire rien de pareil. Ainſi les poéſies qui ſont le fruit de l'enthouſiaſme, ont un tel caractere de beauté, qu'on ne peut ni les lire, ni les entendre, ſans être échauffé du même feu qui les a produit, & l'effet de la muſique la plus parfaite, n'eſt ni ſi ſûr, ni ſi grand que celui des vers nés de la fureur poëtique ".

Quand on a bien ſaiſi ce portrait de l'enthouſiaſme, & qu'en liſant Pindare, on ſe rappelle, on ſe repréſente toujours le poëte, comme dominé par cette violente paſſion, on peut dès lors ſe rendre raiſon de ſon déſordre ſingulier, & ſuivre ſa marche étonnamment bizarre. C'eſt de l'enthouſiaſme que naît chez lui, ce *ſtyle ſublime*, rempli d'un torrent d'expreſſions neuves & hardies, enrichi *d'épithètes*, de *ſentences*, de *comparaiſons*, qui forment une galerie d'excellens tableaux : delà naiſſent encore *ces paſſages ſubits & inattendus d'un ſujet à l'autre*, ſans que l'eſprit du lecteur y ait été amené ou préparé par la moindre liaison, comme se succédent brusquement sur un mur les diverses images qu'y trace à nos regards la lanterne magique. Delà naissent enfin les digressions; ce sont autant d'articles que je veux examiner plus en détail.

M. de la Mothe définit le style sublime, dans le discours qui est à la tête de ses odes, en disant, *je crois, que le sublime n'est autre chose que le vrai & le nouveau réunis dans une grande idée, & exprimés avec élégance & précision.* " L'endroit, observe Rollin, mérite bien d'être lu, & renferme des réflexions judicieuses: je ne sais pourtant si la derniere partie de cette définition est bien juste, *exprimés avec élégance & précision.* Ces deux qualités sont-elles donc si essentielles au sublime, que sans elles il ne puisse subsister? Je croyois que *l'élégance*, bien loin de faire le caractere propre du sublime, souvent lui est opposée; & j'avoue, que je n'en trouve point dans un des exemples que cite M. de la Mothe: *Dieu dit, que la lumiere soit, & la lumiere fut.* Pour la *précision*, ou la *brieveté*, elle convient quelquefois au sublime, lorsqu'il consiste dans une pensée courte & vive,

» comme dans l'exemple précédent ; mais » il me ſemble, qu'elle n'en fait pas » l'eſſence.

Sans nous mêler de décider le procès de ces deux grands hommes, cherchons plutôt ce que c'eſt que le *ſublime* dans Longin ; nul ne l'a ſi bien ſenti, nul ne l'a ſi bien fait ſentir aux autres. Il faut bien ſe garder de prendre pour *ſublime* une certaine apparence de grandeur bâtie ordinairement ſur de grands mots, aſſemblés au hazard, & qui n'eſt, à la bien conſidérer, qu'une vaine enflure de paroles, plus digne de mépris que d'admiration ; car tout ce qui eſt véritablement ſublime, a cela de propre, quand on l'écoute, qu'il éleve l'ame, & lui fait concevoir une plus haute opinion d'elle-même, la rempliſſant de joie, & de je ne ſais quel noble orgueil, comme ſi c'étoit elle qui eût produit les choſes qu'elle vient ſimplement d'entendre. Quand donc un homme de bon ſens, & habile dans ces matieres, entendra réciter un ouvrage, ſi après l'avoir oui une ou pluſieurs fois, il ne ſent point qu'il lui éleve l'ame, & lui laiſſe dans l'eſprit une idée qui ſoit même au-deſſus des paroles ; qu'au contraire, en le regardant avec attention, il trouve qu'il tombe & qu'il ne se soutient pas, il n'y a point là de sublime. Au reste, il faut bien distinguer deux sortes de sublime, celui des images aidé par les expressions, & celui des sentimens.

Le premier consiste dans un arrangement de mots choisis, expressifs, harmonieux, dont l'ensemble forme un excellent & magnifique tableau, par le moyen duquel le poéte place en quelque façon devant nous, ce qu'il veut nous faire comprendre. Quelques exemples serviront à éclaircir cette définition.

„ De son trône, en tremblant, Pluton s'élance & crie,
„ Il pâlit, il a peur, que ce tyran des mers,
„ Ne sépare en éclat la voute des enfers,
„ Et par le centre ouvert de la terre ébranlée
„ Ne fasse voir du Styx, la rive desolée,
„ Ne découvre aux vivans cet empire odieux,
„ Abhorré des mortels, & craint même des dieux.

(Homere.)

„ *Eo dicente, Deum alta silescit*
„ *Et tremefacta solo tellus, silet arduus æther;*
„ *Tum Zephyri posuere, premit placida æquora pontus.*

Le sublime des sentimens n'a pas beſoin d'être expliqué : il ne ſe définit pas, on le ſent. Homere m'en fournit un bel exemple dans le livre dix-ſeptieme de ſon Iliade. Lorſque Jupiter pour favoriſer les Troyens, enveloppe l'armée des Grecs d'un ſombre nuage, Ajax déſeſpéré s'écrie :

„ Frappe, & pour les Troyens ſatisfais ton amour,
„ Mais frappe-nous du moins à la clarté du jour.

Cet autre trait tiré de la 4e. ſcene de Medée, mérite d'être rapporté. Cette princeſſe parlant à ſa confidente, dit qu'elle ſaura bien ſe venger de ſes ennemis, Nerine lui répond :

„ Perdez l'aveugle eſpoir dont vous étes ſéduite
„ Pour voir en quel état, le ſort vous a reduite,
„ Votre pays vous hait, votre époux eſt ſans foi :
„ Contre tant d'ennemis que vous reſte-t'il ?

MEDÉE.

Moi.

Moi, te dis-je.

Quand Médée auroit dit, il me reſte mes enchantemens, mes artifices, mes fureurs, cette penſée n'eût été que belle ; mais ce *moi* eſt ſublime.

Le ſublime peut ſe trouver dans une très-petite phraſe, où on le reconnoit, lors même qu'elle eſt iſolée. Qui ne ſait cet hémiſtiche de Voltaire? *Zaïre vous pleurez!* Quelquefois on peut le faire ſentir, ſans paroles, ſans expreſſions, ſans geſtes. Ainſi le ſilence d'Ajax dans les enfers, comme l'imitation qu'en fait Virgile, en l'appliquant à Didon, *eſt ſublime.* Venons à Pindare.

Il n'eſt perſonne qui connoiſſe un peu la langue Grecque, & qui ait lu les odes de notre poete, qui puiſſe nier que ſon ſtyle ne ſoit noble, élevé, qu'il ne ſoit ſublime. Il reſſemble, comme le dit Horace, à un Cigne qui plane au haut du Ciel. On le trouve ſublime dans les *ſentimens.* Pelops prêt à tenter la périlleuſe entrepriſe de combattre Œnomaüs à la courſe des chars, s'écrie: " Les grands dangers ne „ ſont pas faits pour les ames lâches. „ Puiſque l'homme eſt obligé de mourir, „ pourquoi aſſis dans les ténebres, trai„ neroit-il inutilement ſa honteuſe vieil„ leſſe, privé de la gloire de toute belle „ action "? Il eſt ſublime dans ſes images. Voulant nous peindre la rapidité de la courſe d'Apollon, il dit, *le Dieu s'élance..... & d'un ſeul pas il arrive.* *D'un seul pas*, quelle image! Dans Homere, Neptune fait trois pas, & arrive au quatrieme; mais notre poëte dont l'imagination est tout autrement ardente, enchèrit sur le chantre d'Achille, & peint beaucoup plus vivement l'inconcevable vitesse du Dieu.

Il est sublime *dans ses expressions*, car même s'il ne trouve point de termes qui répondent à la grandeur de son sujet, ou à la noblesse de ses idées, plutôt que de les affoiblir, en empruntant des mots vulgaires, il en forme, il en compose de tout nouveaux; licence qui ne seroit pas tolérée aujourd'hui, mais qui l'étoit chez les Grecs & les Romains; licence qui diminuoit les entraves du génie, & dont Pindare profita plus que tout autre. Quoi de plus hardi, de plus sublime, que d'appeller les chevaux, *pieds-de-tempête*!

Mais ces expressions qui nous paroissent aujourd'hui si hardies, que nous serions tentés de les prendre pour de l'enflure & pour du gigantesque, ne l'étoient pas pour les anciens: car la plupart de ces expressions métaphoriques, adoucies par le poli de l'usage, ou corrigées par l'harmonie, ou préparées par des nuances infinies, n'étoient pas choquantes pour les

les Grecs, au lieu que dans une langue vulgaire, ne formant plus ni harmonie, ni enſemble, ce ſont des taches & des diſſonances qui nuiſent à l'effet général.

On dira peut-être, comment oſe-t-on ſoutenir que le ſtyle de Pindare eſt noble, pendant qu'on trouve dans ſes odes, qu'on voudroit nous faire regarder & admirer comme des modéles de ſublime, les expreſſions de *porcs*, *d'ânes* &c. J'avoue que ces expreſſions qui ſe rencontrent non ſeulement dans notre poete, mais auſſi dans Homere & ailleurs, paroiſſent au premier coup-d'œil choquantes; qu'elles ſont même, ſuivant notre façon de penſer, baſſes & ignobles. Mais l'étoient elles pour les Grecs? non, ſans doute: ſans cela, ils n'auroient pas manqué de les remarquer & de les cenſurer; & ces poetes eux-mêmes qui avoient tant de goût, qui étoient ſi habiles dans leur art, auroient-ils pu tomber dans une ſemblable mépriſe? Auroient-ils négligé les premieres regles de la convenance? Auroient-ils eu moins de diſcernement que le moindre de nos petits poetes du jour, qui ſachant que des mots ſemblables, loin de nous plaire, bleſſeroient notre délicateſſe, les évite ſoigneuſement? Ce ſeroit aſſurément avoir bien mauvaiſe opinion de ces grands maîtres de l'antiquité, dont les ouvrages ont fait & feront l'admiration de tous les ſiecles.

Je tranſcrirai ici ce que Deſpreaux a dit ſur le même ſujet, car je ne crois pas qu'il ſoit poſſible d'écrire rien de mieux, & de juſtifier plus complettement nos poëtes : " On doit ſe reſſouvenir que les
„ mots des langues ne répondent pas
„ toujours juſte les uns aux autres, &
„ qu'un terme grec très-noble ne peut
„ ſouvent être exprimé en françois, que
„ par un terme bas. Cela ſe voit par les
„ mots d'*Aſinus* en latin, & d'*Ane* en
„ françois, qui ſont de la derniere baſ-
„ ſeſſe dans l'une & dans l'autre de ces
„ langues, quoique le mot qui ſignifie
„ cet animal, n'ait rien de bas en Grec,
„ ni en Hebreu, où on le voit employé
„ dans les endroits les plus magnifiques. Il
„ en eſt de même du mot de mulet, &
„ de pluſieurs autres.

„ En effet, les langues ont chacune leur
„ bizarrerie, mais la françoiſe eſt prin-
„ cipalement capricieuſe ſur les mots, &
„ bien qu'elle ſoit riche en beaux termes
„ ſur de certains ſujets, il y en a beau-
„ coup où elle eſt fort pauvre, & il y a

„ un très-grand nombre de petites cho-
„ ſes, qu'elle ne ſauroit dire noblement.
„ Ainſi, par exemple, bien que dans les
„ endroits les plus ſublimes, elle nom-
„ me ſans s'avilir, un *Mouton*, une *Chè-*
„ *vre*, une *Brebis*; elle ne ſauroit, ſans
„ ſe diffamer, dans un ſtyle un peu élevé,
„ nommer un *Veau*, une *Truie*, un *Co-*
„ *chon.* Le mot de *Geniſſe* en françois
„ eſt fort beau, ſur-tout dans une éclogue;
„ *Vache* ne s'y peut pas ſouffrir. *Paſ-*
„ *teur* & *Berger* y ſont du plus bel
„ uſage, *gardeurs de pourceaux*, ou *gar-*
„ *deurs de bœufs*, y ſeroient horribles;
„ cependant il n'y a peut-être pas dans
„ le Grec de plus beaux mots, que ceux
„ qui répondent à ces deux mots françois;
„ & c'eſt pourquoi Virgile a intitulé les
„ Eclogues de ce doux nom de Bucoli-
„ ques, qui veut pourtant dire en notre
„ langue, les entretiens des bouviers,
„ ou des gardeurs de bœufs.

„ On voit par là l'injuſtice de ceux
„ qui imputent à Homere les baſſeſſes
„ de ſes traducteurs, & qui l'accuſent de
„ ce que parlant Grec, il n'a pas aſſez
„ noblement parlé Latin ou François ".

Tous ces termes, qui dans Pindare paroiſſent à nos yeux foibles & rampans, ne l'étoient donc pas pour les Grecs ; ainſi l'on ne ſauroit ſans montrer peu de goût & beaucoup de préventions, lui en faire un reproche, & en tirer cette conſéquence, que ſon ſtyle n'eſt pas ſublime.

Enfin, je vous demanderai ; Pindare nous laiſſe-t-il beaucoup à penſer ? émeut-il, entraîne-t-il ſon lecteur ? plait-il à tous ceux qui le liſent avec attention, & ſurtout qui le comprennent ? Oui... Pindare eſt donc ſublime... Car la marque infaillible du ſublime, c'eſt quand nous ſentons, qu'un ouvrage nous laiſſe beaucoup de choſes à penſer, qu'il fait d'abord ſur nous un effet, auquel il eſt bien difficile, pour ne pas dire impoſſible, de réſiſter, & qu'enſuite le ſouvenir nous en reſte, & ne s'efface qu'avec peine. Croyez qu'une choſe eſt vraiment ſublime, quand vous voyez qu'elle plait univerſellement, & dans toutes ſes parties, car lorſqu'un grand nombre de perſonnes, différentes de profeſſion & d'âge, qui n'ont aucun rapport, ni d'humeur, ni d'inclinations, tout le monde en un mot, vient à être frappé également de quelque endroit, ce jugement & cette approbation uniforme de tant d'eſprits diſcordans, eſt une preuve indubitable qu'il y a là du merveilleux & du ſublime.

Ce que je remarque encore dans Pindare, c'eſt l'honnêteté, c'eſt la pureté de ſon ſtyle. Dans ſes odes, il ne ſe permet pas une anecdote, pas une image, pas un mot qui puiſſe le moins du monde allarmer la plus auſtere pudeur. Lors meme que ſon ſujet ſembleroit l'inviter à donner cours à ſon imagination, & à tracer quelques tableaux voluptueux, il s'en abſtient ſoigneuſement, il s'enveloppe toujours d'un voile épais & modeſte.

Dans tout autre tems, on n'auroit pas penſé à obſerver chez lui cette délicateſſe; mais aujourd'hui, non ſeulement on doit la remarquer, mais encore l'admirer. En effet, nos poëtes François modernes, ſi tendres, ſi naïfs, ſi ſéduiſans, avec tous les talens néceſſaires pour plaire & pour inſtruire, n'exercent preſque plus leur génie que ſur des ſujets indignes d'eux & deshonnêtes. On n'oſe plus les mettre entre les mains des jeunes Dames, dont ils devroient former le goût, l'eſprit & le cœur. Il ne paroit guere d'ouvrages en vers, à la tête deſquels, un rigide Cenſeur puiſſe mettre hardiment ces paroles charmantes : *Quæ legat ipſa Licoris.*

Que ſont devenus ces heureux tems où les poëtes n'employoient le beau talent des vers, & les attraits de l'harmonie, qu'à faire naître & à entretenir dans le cœur des hommes, les ſentimens les plus vertueux? Lors qu'Agamemnon ſe rendit au ſiege de Troye, ſuivi de l'élite des Grecs, pour redemander Hélene, venger ſon frere Ménelas, & punir la perfidie de Pâris, il laiſſa auprès de ſon épouſe Clitemneſtre, de la chaſteté de laquelle il commençoit à ſe défier, un poëte muſicien, pour la préſerver des pieges qu'on lui tendroit; celui-ci chantoit les délices de l'innocence, & les charmes de la vertu; auſſi Ægyſthe, amant de cette princeſſe, ne put, comme le dit Homere, parvenir à la corrompre, qu'après avoir éloigné cet ami vertueux.

Quelque tems Clitemneſtre, avec un œil ſévere
Rejetta les tranſports d'un amour adultere;
Par des chants généreux, amis de la vertu
Un ſage ſoutenoit ſon eſprit combattu;
Atride le chargea de veiller ſur la Reine,
Il combattoit ſa flamme... il en porta la peine,
Car ſi-tôt que du Ciel, les ſombres volontés
Livrerent Clitemneſtre, au feu des voluptés,

> Ce sage relégué dans une isle déserte
> Ne sauva plus un cœur qui couroit à sa perte.

Lorsque Péneloppe vint à Ithaque pour épouser Ulysse, on lui donna un semblable Philosophe, Poete & Musicien, pour être auprès d'elle en qualité de précepteur & d'ami. Mais aujourd'hui accorderoit-on le même honneur, témoigneroit-on la même confiance à nos poetes? j'en doute; & il seroit bien dangereux de s'y fier: ceux qui se permettent tant de licence dans leurs écrits, doivent en avoir encore plus dans leurs discours & dans leurs mœurs. Au reste, il faut espérer que la crainte du mépris, unique récompense dont le public honore leurs licentieuses productions, les rendra dans la suite plus vertueux & plus honnêtes.

Une épithete choisie avec goût est dans notre poésie, comme dans toute autre, une grande beauté, parce qu'elle fait toujours image: ainsi dans ces vers de Voltaire:

> Et des fleuves Français les eaux ensanglantées
> Ne portaient que des morts, aux mers *épouvantées*.

Aux mers épouvantées! Cette épithete seule, toute ſimple & ordinaire qu'elle ſoit, fait cependant ici un tableau plus expreſſif & plus ſombre, que tout ce que le Poëte a dit du maſſacre de la Saint-Barthelémi. *Aux mers épouvantées!* Il faut qu'un homme ſoit de marbre, ſi la lecture de ces vers ne lui fait pas dreſſer les cheveux; s'il ne ſent pas naître dans ſon ame la douleur & l'effroi. Et dans la deſcription que fait Virgile de la douleur d'un cheval:

Poſt bellator Equus, poſitis inſignibus Æthon
It lachrimans, guttiſque humectat grandibus *ora*.

Peut-on mieux peindre les larmes d'un cheval que par cette épithete *grandibus*, miſe avec *guttis?* mettez à leur place *lachrymis*, l'image diſparoît.

Les épithetes, dans notre langue, ſont une reſſource dont il faut uſer avec diſcernement & avec économie, évitant de faire naître dans l'eſprit du lecteur, la ſatiété & le dégoût. Chez les Grecs, au contraire, rien ne plaiſoit autant que les épithetes multipliées, &, pour ainſi dire, entaſſées. Voyez dans Homere, il ne ſe trouve ni divinité, ni nation, ni ville, ni guerrier, ni lance, ni épée, ni trait qui n'ait la ſienne. Ne ſoyez donc pas étonnés, si Pindare ne les oublie point, s'il les prodigue. En effet, parle-t-il de ses vers, il ajoute : *Nectar transparent, présent des Muses, fruit delicieux du génie.* Fait-il mention de la Nymphe Rhodé, il la nomme, *Nymphe de la mer, fille de Vénus, épouse du Soleil, intrepide guerriere.* Mais ses épithetes sont si bien choisies, si expressives, elles conviennent si parfaitement à l'objet auquel il les unit, qu'elles y ajoutent une véritable & solide beauté.

Les comparaisons de Pindare ne sont pas en grand nombre, mais elles sont au moins dignes de l'excellence & de la sublimité de ce Poéte. Ici, il compare son objet à *l'oiseau de Jupiter, enlevant dans le ciel & dévorant sa proie ;* là, c'est *au Soleil le plus brillant des astres qui parcourent les plaines de l'air ;* dans cet endroit, c'est à *un homme qui prend, d'une main riche, une coupe d'or, bouillonnante du jus de la treille ;* dans cet autre, c'est à *un pilote audacieux, qui abandonne toutes ses voiles au vent.* Quintilien n'oublie pas de remarquer une belle comparaison de Pindare, quand il dit, au sujet de l'hyperbole ; " Je crois avoir trouvé un exemple » rare de cette figure dans le prince des

» poëtes lyriques, au livre qu'il appelle,
» *des hymnes*, quand parlant de l'aſſaut
» qu'Hercule donna aux Méropes, qui
» ont autrefois habité l'isle de Cos, il
» ne le compare point au feu, ou aux
» vents, ou à la mer, mais à la *foudre*;
» toutes les autres comparaiſons lui pa-
» roiſſant trop foibles ".

Il a outre cela, dans ſes comparaiſons, un caractere qui lui eſt preſque particulier; c'eſt qu'il ne les commence guere par ces mots ſi uſités, *comme*, *c'eſt ainſi que*; il ne les applique pas en ajoutant, ', *de même*; tout cela ſeroit trop froid, p méthodique pour lui; il ſe contente les jetter, comme par haſard, autour du ſujet qu'il traite, laiſſant à ſon lecteur le ſoin de les appliquer & de les lier. Il en agit de même à l'égard des ſentences; ce qui, ajouté à ſon feu, répand quelque déſordre dans ſes compoſitions; (voyez le commencement de la premiere Olympique) non point ce déſordre ſemblable au galimathias, & qui naît d'une imagination confuſe, qui ne ſe repréſente point ſes idées avec clarté; mais ce déſordre noble, né de l'enthouſiaſme & de la chaleur poëtique, qui eſt preſque inſéparable de l'Ode & qui l'embellit. Car comme dit le premier des Lyriques François :

Si pourtant quelque esprit timide,
Du Pinde ignorant les détours,
Opposoit les regles d'Euclide,
Au désordre de mes discours;
Qu'il sache qu'autrefois Virgile,
Fit, même aux Muses de Sicile,
Approuver de pareils transports;
Et qu'enfin, cet heureux délire,
Des plus grands maitres de la lyre,
Immortalise les accords.

Revenons aux comparaisons.

On trouve aussi quelquefois dans Homere, cette maniere de produire ou d'exprimer les comparaisons. Dans le premier livre de l'Iliade, Achille courroucé jure qu'il ne secourra point les Grecs, quand ils auront besoin de lui, en disant :

Mais entends le serment que prononce ma bouche,
Par ce sceptre sacré, ce sceptre que je touche,
Que l'airain aiguisé, jadis dans les forêts,
De sa tige féconde, arracha pour jamais,
Et qui, dans cet état, privé de nourriture,
Ne reproduira plus ni rameaux, ni verdure,
Par ce sceptre, aujourd'hui l'ornement de nos rois,
Je jure.....

Cette defcription eft très-belle, fur-tout dans l'original; cependant, fi le Poëte l'avoit faite uniquement pour nous apprendre que le fceptre d'Achille, depuis qu'on l'avoit féparé du tronc, ne repoufferoit plus ni branches, ni feuilles, elle feroit infipide, elle feroit même ridicule, & il auroit très-bien pu s'épargner la peine de la faire, puifque nous en favions tout autant que lui: mais c'eft ici une comparaifon tacite, & le héros veut dire que, comme fon fceptre ne fauroit reverdir, de même il ne fauroit oublier le ferment qu'il prononce.

Des Defcriptions.

C'eft fur-tout dans les defcriptions qu'excelle Pindare. Il décrit fon objet fi énergiquement; il en peint fi bien tous les plus petits détails; il en préfente fi naïvement toutes fes circonftances, que, quoiqu'elles foient ordinairement très-courtes, le lecteur, tranfporté hors de lui-même, croit voir & croit entendre. Sa defcription, par exemple, des feux vomis par le mont Ætna, eft un chef-d'œuvre. " L'abyme vomit des fources facrées d'un „ feu inacceffible. Ces fleuves brûlans

» ne semblent, dans l'éclat du jour, que
» des torrens de fumée, rougis par la
» flamme. Dans l'obscurité, c'est la
» flamme elle-meme roulant des rochers
» qu'elle fait tomber avec fracas sur la
» profonde étendue des mers ".

La description des jeunes athletes qui retournent dans leur patrie, honteux d'avoir été vaincus, mérite aussi qu'on la rapporte. " A Delphes, tu as mis
» sous toi quatre de tes rivaux, dont tu
» méditois dès long-temps la honte. Oh!
» combien leur retour fut différent du
» tien! Le doux sourire d'une mere ten-
» dre ne fit point naître autour d'eux
» les transports de la joie. Dans les che-
» mins, au milieu des places publiques,
» on les voyoit errer, seuls, loin de leurs
» compagnons, le cœur dévoré du sou-
» venir de leur défaite; ils craignoient
» toujours qu'un ennemi ne les appro-
» chât pour insulter à leur malheur.

» Celui, au contraire, que le sort fa-
» vorise, porté sur l'aile hardie de l'es-
» pérance, ne met plus de bornes à ses
» désirs; il possede un bien préférable
» aux richesses ".

La description de Jason retournant dans sa patrie, me plait encore plus que

les précédentes. " Il paroît... Deux traits
„ dans ses mains inspirent la terreur...
„ L'un de ses vêtemens, semblable à celui
„ des Magnésiens, s'adapte aux contours
„ gracieux de ses beaux membres; l'au-
„ tre, dépouille d'un superbe léopard,
„ le met à couvert des pluies impétueu-
„ ses. Son épaisse chevelure n'est point
„ tombée sous le tranchant du fer; elle
„ ombrage son dos, elle le bat de ses
„ replis ondoyans. Il se présente dans
„ la place, avec une ame maitresse d'elle-
„ même; un peuple immense l'accom-
„ pagne ".

Pour ce qui regarde les transitions d'une image à une autre image, d'un sujet à l'autre, j'ai déja observé qu'elles sont dans Pindare brusques & sans liaisons; remarquez celle qui se trouve à la fin de la 12e. Pythique; elle est frappante. Le Poëte, après avoir parlé fort au long de l'invention de la flûte par Minerve, finit sa digression en disant: " Le son passe en des roseaux cueillis
„ près de la ville des Graces, dans les
„ bois consacrés au Céphise, incontes-
„ tables témoins, que ces peuples s'en
„ servent dans leurs danses ". Puis il ajoute brusquement: " les hommes ne

» peuvent obtenir aucune félicité ſans
» peine; un Dieu peut la leur enlever
» même aujourd'hui. Il n'eſt pas poſſible
» d'éviter ſa deſtinée; mais il arrivera
» auſſi que le même tems qui aura ac-
» cablé quelqu'un ſous le fardeau du dé-
» ſeſpoir, lui accordera contre ſon at-
» tente, une partie de la félicité dont
» il lui refuſe le reſte ".

Mais ces tranſitions rapides ne ſont point un défaut à mes yeux. Les nexes ſi bien amenés, ſi bien gradués, ſont en poéſie d'une froideur, d'un didactique inſoutenable; on croiroit lire une diſſertation philoſophique, ou un hiſtorien ſcrupuleux. Au contraire, les paſſages inattendus donnent à la compoſition une force, & à la marche une rapidité, qui fait un des plus grands agrémens de la poëſie en général, & de l'Ode en particulier. Je vais plus loin. Je ſoutiens que, dans la ſuite d'un même ſujet, lorſque l'on laiſſe à part les nexes ordinaires, qui devroient en lier les différentes parties, & auxquels le lecteur peut ſuppléer, cette omiſſion eſt une grande beauté, & conſtitue ſouvent toute l'énergie d'un morceau qui eſt admirable, mais qui ne ſeroit qu'ordinaire ſans cela.

Dans Homere :

Mais Hector de ſes cris rempliſſant le rivage,
Commande à ſes ſoldats de quitter le pillage,
De courir aux vaiſſeaux : car j'atteſte les Dieux,
Que quiconque oſera s'écarter à mes yeux,
Moi-même, dans ſon ſang, j'irai laver ſa honte.

Dans Voltaire :

Henri plein de l'ardeur
Que le combat encore échauffoit dans ſon cœur,
Semblable à l'océan qui s'appaiſe & qui gronde ;
O fatal habitant de l'inviſible monde !
Que viens-tu m'annoncer dans ce ſéjour d'horreur ?

Et dans Démoſthenes :

“ Et il ne ſe trouvera perſonne entre vous qui ait du reſſentiment & de l'indignation, de voir un impudent, un infame, violer impunément les choſes les plus ſaintes ? Un ſcélérat, dis je, qui... O le plus méchant de tous les hommes ! rien n'aura pu arrêter ton audace effrénée ; je ne dis pas ces portes, ces barreaux, qu'un autre pouvoit rompre comme toi ”.

Voilà des morceaux qui ſont inconteſtablement d'une beauté, d'une énergie inimitable. Eh bien ! ajoutez ſeulement aux endroits où la liaiſon des parties ſemblent l'exiger, ces nexes ordinaires, & que n'auroient pas oublié des hommes communs ; *dit-il*, *s'écria-t il*, *je m'adreſſe à toi* ; dès lors la tranſition n'eſt plus bruſque, elle diſparoit même, auſſi les morceaux deviennent-ils froids & languiſſans.

Enfin, ces tranſitions ſubites nous laiſſent le plaiſir de penſer & la gloire de deviner, dont nous ſommes ſi jaloux. Il n'y a point d'écrivain qui faſſe plus d'honneur à ſes lecteurs que Pindare; il leur fait ſentir par-tout qu'il compte ſur leur pénétration ; & ſe contentant de leur préſenter un beau ſens, il paroît être pleinement convaincu, que ſans lui, ils ſauront de reſte approfondir.

Un habile maître & un excellent juge, en fait de poéſie, avoit bien remarqué qu'une belle Ode exige du déſordre, des tranſitions ſubites, une marche bizarre, de l'enthouſiaſme, en un mot :

L'Ode avec plus d'éclat & non moins d'énergie,
Eleve juſqu'au ciel ſon vol audacieux ;
Entretient dans ſes vers, commerce avec les Dieux ;
Aux athletes, dans Piſe, elle ouvre la barriere,
Chante un vainqueur poudreux au bout de la carriere.

Son ſtyle impétueux, ſouvent marche au haſard;
Chez elle un beau déſordre eſt un effet de l'art.
Loin ces rimeurs craintifs, dont l'eſprit flegmatique,
Garde dans ſes fureurs un ordre didactique;
Qui chantant d'un héros les progrès éclatans,
Maigres hiſtoriens, ſuivent l'ordre des tems;
Ils n'oſent un moment perdre un ſujet de vue.

De la ſublimité de ſon ſtyle, de ſon déſordre, de ſes tranſitions, de la foule de ſes idées, naît le reproche qu'on lui fait d'ètre obſcur, & ſouvent inintelligible. Mais l'étoit-il pour les Grecs ſes contemporains? S'il l'eût été, ils ne l'auroient pas aſſurément autant admiré & eſtimé. Seroit-il ſemblable à Lopes de Véga, fameux poëte Eſpagnol, dans les ouvrages duquel il ſe trouve telle ode que les Eſpagnols eux-mêmes n'entendent point? non, ſans doute. S'il eſt obſcur, il ne l'eſt que pour nous, & l'éloignement des temps en eſt la cauſe. En effet, le grec étant une langue morte, & que nous ne pouvons apprendre que par les dictionnaires, il eſt beaucoup de termes dont nous ne connoiſſons plus toutes les ſignifications, quantité de tours de phraſes ſinguliers & particuliers à cette langue, avec lesquels nous ne sommes pas familiarisés.

Le Poëte fait, outre cela dans ses ouvrages, une continuelle allusion à des fables connues alors de tout le monde, & qui le sont moins aujourd'hui ; à des aventures récentes, & à présent ignorées. Son feu, sa rapidité ne lui permettoient pas de s'arrêter à des détails ; il n'y donne qu'une légere attention ; il n'en dit qu'un mot, & ce mot suffisant alors, pour rappeller & peindre ce qu'il vouloit dire à l'esprit de ses lecteurs, ne suffit plus aujourd'hui. C'est la raison pour laquelle on trouve aussi dans Aristophanes, dans Horace, Juvenal, Perse, Martial & tant d'autres, des morceaux excessivement obscurs, où l'on voit seulement qu'ils font allusion à quelque anecdote que le tems a enseveli dans l'oubli. Et sans aller si loin, les Satyres de Boileau, ouvrage moderne, écrit en notre langue, dans un style simple, sont un exemple frappant de ce que j'avance.

Enfin, ceux qui lui font ce reproche d'être obscur, ne le rendroient-ils point responsable de leur incapacité? Ont-ils assez étudié la langue dans laquelle il a écrit? Ont-ils assez approfondi la fable

& l'hiſtoire de ces temps-là? Ont-ils médité ſur l'ouvrage même, avec aſſez d'attention? J'en doute. Les Poëtes anciens deviennent paſſablement aiſés à celui qui apporte à cette étude les connoiſſances néceſſaires, & l'obſcurité eſt toujours chez eux en raiſon de l'ignorance du lecteur. Au moins Pindare dit dans la 2e. Olympique: " j'ai ſous ma
» main pluſieurs traits dans mon car-
» quois, qui retentiſſent pour les hom-
» mes intelligens, mais ils ont beſoin
» d'interprête auprès du vulgaire".

Le reproche qu'on lui fait de n'avoir pas été ſoutenu dans ſon vol hardi, eſt bien plus fondé que le précédent. Il ſe trouve chez lui quelques endroits où il me paroît qu'on ne reconnoît plus le Poëte ſublime, qu'on ne reconnoît plus Pindare. Horace avoit remarqué la même inégalité dans Homere, dont il dit: *Aliquando bonus dormitat Homerus.* Mais comme ce défaut ſe trouve dans l'un & dans l'autre réparé par de grandes & inimitables beautés, il ne les empêchera point d'être les premiers des poëtes: c'eſt le ſentiment de Longin. " Apollonius
» qui a compoſé le poëme des Argo-
» nautes, ne tombe jamais; cependant

« aimeriez-vous mieux être Apollonius
» qu'Homere? Et à l'égard du Poeme
» Bucolique, il n'y a rien dans Théo-
» crite qui ne soit très-heureusement
» imaginé, si vous en exceptez quelques
» endroits où le Poete sort du caractere
» de l'Idylle; un autre Poete, au con-
» traire, ne sort jamais de son caracte-
» re, mais il n'imagine pas si heureu-
» sement. Or je demande; aimeriez-vous
» mieux cet autre Poete, que Théo-
» crite? L'Erigone d'Eratosthene est un
» petit poëme dans lequel il n'y a rien
» à reprendre; direz-vous pour cela
» qu'Eratosthene est plus grand poëte
» qu'Archiloque, qui s'embrouille, à la
» vérité, & manque d'ordre & d'œco-
» nomie en divers endroits, mais qui
» ne tombe dans ce défaut, qu'à cause
» de cet esprit divin dont il est entraîné,
» & qu'il ne sauroit régler comme il
» veut? & même pour le lyrique, choi-
» siriez-vous plutôt d'être Bacchilides
» que Pindare, & pour la tragédie,
» Ion, ce poëte de Chio, que Sopho-
» cles? En effet, ceux-là ne sont ja-
» mais de faux pas, & n'ont rien qui
» ne soit écrit avec beaucoup d'élégance
» & d'agrément; il n'en est pas ainsi

„ de Sophocles & de Pindare ". Cette critique eſt bien délicate, ce jugement eſt bien ſenſé ; pour ce qui me regarde, je ſuis plus outré que lui, & j'avoue ingénument que je n'aime pas, en poëſie, les ouvrages ſans défauts, parce qu'ils ſont ordinairement ſans beautés.

Ne nous étonnons point de ces inégalités chez Pindare, il n'eſt preſque point d'auteur dans lequel on n'en remarque d'inconcevables.

Dans le ſac ridicule où Scapin s'enveloppe,
Je ne reconnois plus l'Auteur du Miſanthrope.

Se peut-il que le même génie qui produiſit l'incomparable Zaïre, ait pu produire la froide, la languiſſante, l'inſoutenable Irêne? Rouſſeau, après avoir fait l'Ode à la Fortune, a-t-il pu ſe reſoudre à tracer les vers ſuivants?

Pour le juſte & pour le coupable,
Arrêtés dans ſes filets,
Sa furie inévitable
N'a que roue & chevalets.
Un ſupplice illégitime
De l'innocence & du crime,
Confond la deſtruction;
C'eſt la même tyrannie,
Et la ſeule ignominie,
En fait la diſtinction.

On dira qu'on ne trouve pas dans Pindare ces morceaux pathétiques qu'on trouve dans les autres Poëtes. Il est vrai qu'il ne nous présente rien d'aussi délicat, que la langueur de Roland dans les jardins d'Armide décrits par le Tasse ; rien d'aussi tendre, que les adieux d'Hector & d'Andromaque dans Homere ; rien d'aussi terrible, que le morceau dans lequel le Dante représente Ugolino rongeant le crâne de son ennemi. Mais les sujets que Pindare traitoit, n'en étoient pas susceptibles. Il ne peint dans ses Odes, ni les peines, ni les plaisirs du cœur ; il n'y décrit ni la haine, ni la vengeance : il n'y fait parler ni l'amant heureux, ni l'amant au désespoir. Cependant, quand il se trouve quelque morceau où il peut placer du sentiment, il en profite avec une habileté singuliere. C'est ce que prouve l'histoire de la Nymphe Cyrene, d'Iamus, & sur-tout l'expédition des Argonautes. Quoi de plus tendre, que la maniere dont il décrit la joie du bon homme Æson, lorsqu'il reconnut son fils Jason, & qu'il le vit si bien fait & si accompli, après l'avoir pleuré pour mort? " Les yeux de son » pere, dit le Poëte, le reconnurent d'a-

„ bord, & ses *vieilles paupieres* furent „ inondées de larmes, à la vue d'un fils „ si extraordinaire, & le plus beau des „ hommes". Quoi de plus touchant, que l'endroit où il dépeint Pollux, pleurant sur le cadavre de son frere Castor, & demandant à Jupiter de lui envoyer la mort, & de le réunir par là avec ce qu'il avoit de plus cher au monde!

Le morceau suivant est encore remarquable par son extrême délicatesse. " Le „ brave Antiloque fut pénétré de cette „ vérité. Il mourut pour son pere en „ soutenant l'effort homicide de Mem- „ non, sous qui combattoient les Ethio- „ piens. Blessé par les traits de Pâris, l'un „ des coursiers de Nestor retarde la „ fuite du vieillard Messénien; Memnon „ le poursuit; sa lance va le percer, „ mais le vieillard voit son fils s'élancer „ au-devant du coup. Il tremble... Il „ pousse un cri. Inutile douleur! rien „ n'arrête Antiloque; il tombe.... & son „ pere en pleurs ne lui doit qu'à regret „ la vie".

On remarque dans Pindare quelques fautes de chronologie, comme lorsqu'il raconte l'enlévement de Pélops par Neptune au palais de Jupiter, où, dit-il, *arriva dans la ſuite Ganymede*, au lieu qu'il auroit dû dire, *où Ganymede étoit arrivé auparavant*, parce que Ganymede étoit plus vieux que Pélops, ſuivant le nombre des générations rapportées par Diodore de Sicile.

On remarque un autre parachroniſme dans Pindare, par lequel il paroît qu'il n'a pas ſu tout ce qui regarde la Diane d'Epheſe, lorſqu'il dit, que les Amazones en ont bâti le temple, dans le temps qu'elles faiſoient la guerre aux Athéniens & à Théſée; parce que ce Temple eſt beaucoup plus ancien que le temps même du paſſage des Ioniens en Aſie. Il eſt bien vrai que les Amazones, allant faire la guerre à Théſée, y ſacrifierent à la Déeſſe, auſſi-bien que lorſqu'elles ſe ſauverent de la guerre d'Hercule. Elles s'y réfugierent même longtems auparavant, lorſqu'elles furent pourſuivies par Bacchus. Mais pour cela, on ne peut pas dire que ce Temple ait été bâti par elles.

On remarque, diſent encore les détracteurs de Pindare, dans chaque Ode, le héros que chante le poëte, & les digreſſions qu'il y joint; le héros ne fait que paroître un moment ſur la ſcene, on le perd bientôt de vue; une digreſſion le remplace ; il ne lui faut qu'un mot pour le conduire à cet écart, qui l'entraîne à un autre, celui-ci à un troisieme, & l'Ode est finie.

Je ferai sur cette objection les remarques suivantes. 1°. Les digressions de Pindare ne sont pas aussi éloignées du sujet qu'on voudroit nous le faire croire, & sur-tout elles n'y sont jamais absolument étrangeres. 2°. Après une longue digression, le Poëte ne termine pas tout court comme Horace, ce qui seroit un grand défaut ; il revient ordinairement à son héros, il le reproduit, il le rappelle à ses auditeurs. Enfin, elles lui sont absolument nécessaires.

Les deux premiers points n'ont pas besoin d'explication ; pour en sentir la vérité, il ne faut qu'une connoissance médiocre de notre Poëte. Pour le troisieme, il mérite d'être développé avec quelque étendue.

Pindare est souvent obligé de chanter un héros sans naissance, sans fortune ; qui n'est connu ni par ses exploits, ni par ses vertus ; qui, en un mot, n'étant remarquable que par la victoire qu'il vient de remporter dans les jeux d'Olympie, victoire due ou à la force de ſon corps, ou à ſa légéreté, ou à celle de ſes chevaux, n'offre pas une vaſte carriere à l'imagination d'un poëte tel que lui; cependant il faut une Ode; tous les ſpectateurs ont les yeux attachés ſur lui; la Grece entiere l'attend. Que dira-t-il? comment la remplira-t il? ſe bornera-t-il à des lieux communs, mille fois rebattus? Non, ſans doute. Après avoir dit un mot du vainqueur, il aura recours à des digreſſions plus belles, plus intéreſſantes que ſon héros même, & qui, cependant, y auront rapport; il parlera de la célébrité des jeux; il aménera quelque anecdote touchant Hercule qui les inſtitua, ou Pélops qui les renouvella. Si la digreſſion principale ne lui fournit pas aſſez, il en ajoutera quelque autre incidente. Semblable à un homme qui laiſſe le champ ingrat & ſtérile, qu'il devoit cultiver, pour cueillir les fleurs des environs, & qui, de fleurs en fleurs, s'éloigne au point de le perdre preſque de vue, ſans cependant oublier d'y revenir.

Outre cela, la gloire dont ſe couvroit un athlete en remportant le prix, ne lui étoit pas particuliere; elle ne ſe bornoit pas à lui ſeul; elle réjailliſſoit encore ſur ſa ville, ſur ſon pays, ſur tous ſes concitoyens. Ceux-ci devoient donc naturellement entrer dans l'Ode ; ils avoient droit de prétendre à cet honneur. Si le Poëte les eût paſſé ſous ſilence, ils auroient eu raiſon de ſe plaindre de cet oubli. Et comment pouvoit-il mieux les louer ? Comment pouvoit-il châtouiller plus délicatement leur amour-propre, qu'en empruntant la fable, en leur retraçant leur origine divine, en leur rappellant l'hiſtoire de leurs premiers fondateurs, & les événemens remarquables, quoique fabuleux, qui s'étoient paſſés dans leur pays ? Si donc les digreſſions ſont un défaut, elles peuvent l'être chez les autres poëtes, mais jamais chez lui, puiſqu'il fut forcé de les mettre en uſage, & par la ſtérilité du ſujet qu'il chantoit, & par les circonſtances dont le ſujet ſe trouvoit accompagné.

Ce n'eſt pas tout, je vais plus avant, & je ſoutiens que les digreſſions ſeules ſuffiſoient pour faire la fortune des Odes de Pindare; que c'eſt elles qui les rendirent ſi intéreſſantes pour les Grecs, qui les firent paſſer de bouche en bouche, & de-là à la poſtérité la plus reculée. En effet, un athlete vainqueur, un Diagoras, par exemple, chanté dans la 7e. Olympique, n'est plus aujourd'hui pour nous qu'un être froid & sans intérêt; tout ce qui peut regarder sa famille que nous ne connoissons point, & Rhodes sa patrie que nous ne connoissons gueres, ne fait aucune sensation sur nous, & ne sauroit nous intéresser en aucune maniere. Les fables ne sont plus à nos yeux, éclairés par la raison, que les rêves d'une imagination égarée. Nous ne croyons plus que Jupiter fit tomber sur cette Isle une pluie d'or le jour de la naissance de Minerve; que Tlepolême, fils d'Hercule, la peupla, en y conduisant une colonie d'Argos; que Rhodé y prit naissance & mérita l'honneur d'être l'épouse du Soleil. Ces digressions nous sont indifférentes; nous voudrions que le Poëte eût laissé de côté tous ces détails, trop éloignés du goût de notre siecle. Mais dans le moment où il composa cette Ode magnifique, la maniere de voir & de penser étoit bien différente. L'isle de Rhodes étoit connue à peu près de tout le monde; elle n'étoit point étrangere à la Grece; loin d'en douter, on prenoit plaisir à croire les fables qu'on en recitoit. Ces fables faiſoient partie de la théologie ; le reſpect qu'on avoit pour la religion, les rendoit auſſi reſpectables. La couronne que venoit de remporter l'athlete, l'élevoit au rang des conquérans de l'Aſie & des triomphateurs de Rome, elle l'égaloit preſque aux Dieux. Diagoras n'étoit donc plus un homme vulgaire. Dès-lors, tout ce qui pouvoit le regarder, les moindres détails ſur ſa famille, ſur la fable ou ſur l'hiſtoire de ſon pays, ayant le mérite de l'*à-propos*, devenoient ſingulierement intéreſſantes pour tous les Grecs. Quel plaiſir ne devoient pas reſſentir entr'autres les Rhodiens ſes compatriotes, préſens aux jeux d'Olympie, dans cette occaſion, en entendant le Poëte rappeller à la plus illuſtre, à la plus brillante des aſſemblées, qu'ils étoient deſcendans des Héraclides, iſſus du ſang de Jupiter par leur pere, & de celui du roi Amintor par leur mere Aſtidamie ; que leur Isle avoit éprouvé la plus étonnante révolution ; qu'elle avoit été l'objet de la bienveillance des Dieux ? Quelle émotion ne devoient-ils pas éprouver, en voyant tous les auditeurs attacher ſur eux leurs regards étonnés & preſque jaloux ? Avec quelle noble fierté ne devoient-ils pas se regarder les uns les autres, & se promener au milieu des Grecs rassemblés autour d'eux? Et Diagoras, le vainqueur, le héros, objet premier de l'Ode, pouvoit-il imaginer rien de plus glorieux, que d'entendre son nom mêlé à celui de Jupiter, d'Apollon & d'Hercule, & de se voir mis de pair avec ces grandes divinités? Une telle Ode pouvoit-elle ne pas intéresser? Chacun aura voulu la savoir par cœur; il l'aura chantée plein d'enthousiasme; il l'aura rapportée soigneusement dans sa patrie; de retour dans sa maison, il l'aura recitée à ses enfans rassemblés autour de lui dans une religieuse attention, pour remplir leur ame du brûlant desir de la gloire, & de la noble ambition de mériter un jour, & les palmes d'Olympie, & les vers d'un Pindare; le nom de celui-ci se sera en cette maniere répandu partout, la gloire l'aura couronné de ses rayons, l'admiration & le respect auront été a sa suite.

Pour mieux sentir ce que je viens de dire, servons-nous d'un exemple national. Supposons que nous sommes présens à des jeux; qu'un de nos compatriotes, un Suisse, vient d'y remporter le prix de la lutte; qu'auſſitôt un Pindare, un Haller, un Geſner ſe préſente à côté du vainqueur, la lyre à la main. Si après avoir dit un mot de ſon héros, qui ne ſeroit vraiſemblablement qu'un robuſte montagnard, ou un citoyen honnête, mais ignoré; il ſe jettoit dans des digreſſions nationales; s'il chantoit nos premiers libérateurs; s'il rapportoit l'hiſtoire ſinguliere de Guillaume Tell; s'il faiſoit mention des batailles de Sempach, de Laupen, de Morat; s'il célébroit les Ducs de Zeringue, illuſtres fondateurs de Berne & de Fribourg; s'il aſſuroit les Bernois, qu'ils gouvernent leurs peuples avec un *ſceptre juſte*; les Zuriquois, qu'ils cueillent la *fleur des beaux arts*; les Fribourgeois, qu'ils ſont *amis des étrangers*; trouverions-nous ces détails froids? nous plaindrions-nous de ce que le Poëte ne nous auroit pas toujours entretenu de ſon héros? Non, ſans doute. Il ne pouvoit trouver aucun moyen plus ſûr de nous plaire & de nous intéreſſer; rien n'étoit plus capable de donner de la réputation à l'ouvrage, & de procurer de l'admiration à l'auteur. Lors donc que vous lirez les Odes de Pindare, pour bien apprécier ſon mérite, transportez-vous dans les plaines d'Olympie; pensez que vous ètes un Grec, un citoyen d'Argos, par exemple; glissez-vous dans la foule des spectateurs, considérez le vainqueur ... c'est un de vos compatriotes, un de vos amis, un de vos parens; écoutez le poëte qui le chante; abandonnez-vous aux impressions rapides du sentiment; répondez-moi alors, sont-elles froides les Odes de Pindare? sont-elles hors de place ses digressions?

Mais pour bien apprécier toutes ses beautés, il ne faut pas de ces personnes chez qui le sentiment est *battu à froid*; il faut des imaginations ardentes, des ames sensibles à l'harmonie. C'est la différence de cette chaleur sentimentale, chez les différentes personnes qui lisent Pindare, qui cause cette diversité étonnante dans les jugemens qu'elles en portent, comme elle en causeroit dans celui qu'elles porteroient d'un tableau du Poussin, ou d'une piece de musique du Fogassi.

Je ne puis m'empêcher de rapporter ici le singulier sentiment de M. Blondel, au sujet des digressions de Pindare. " Sur „ ce même sujet, dit-il, il faut que j'a-

„ voue ce qui m'eſt autrefois venu dans
„ la penſée, que vraiſemblablement Pin-
„ dare, à ſon loiſir, compoſoit ſur tou-
„ tes ſortes de cadences, des ouvrages
„ différents, à la louange des Dieux &
„ des héros. Et que lorſqu'un athlete
„ victorieux venoit lui demander une
„ Ode, il alloit chercher dans ſes com-
„ poſitions la piece la plus propre, &
„ qui pût le mieux convenir à la per-
„ ſonne qu'il devoit louer, ſoit ſur ſon
„ pays, ſoit ſur le lieu de la victoire,
„ ſa beauté, ſon âge, ou, enfin, ſur
„ quelque autre choſe qui pût lui ſervir
„ de liaiſon, pour aſſembler ce qu'il
„ avoit préparé, avec ce peu qu'il pou-
„ voit imaginer ſur celui dont il parloit ".
Cette idée eſt ingénieuſe, mais elle n'a pas l'ombre de vraiſemblance.

On cenſure continuellement la licence des digreſſions dans notre Poëte ; mais je crois remarquer beaucoup d'injuſtice & de prévention dans ce jugement, puiſque ce que l'on condamne chez lui, on le tolere dans Horace; on l'admire même dans les Poëtes modernes. Dans Horace, les digreſſions ſont en grand nombre, les unes ſont des lieux communs, des vérités générales, ſuſceptibles des plus grandes beautés, comme dans l'Ode troisieme, où à propos d'un voyage de Virgile à Athenes, il se déchaîne sur la témérité sacrilege de l'homme, que rien ne peut arrêter :

Illi robur & æs triplex
Circa pectus erat, qui fragilem truci
Commisit pelago ratem
Primus, nec timuit præcipitem Africum,
Decertantem Aquilonibus, &c. &c.

Les autres digressions sont des traits d'histoire ou de la fable, pour prouver ce qu'il a en vue, comme celle de Régulus ou celle d'Europe.

Malherbe n'en fait pas moins usage que les deux Poëtes précédens. En voici un seul exemple, entre plusieurs que je pourrois rapporter. Dans l'Ode où il encourage Louis le juste à punir ses sujets révoltés, il se jette dans une digression sur les Géants, qui fait une bonne partie de l'Ode, comme elle en fait une des plus grandes beautés. Après avoir dit, en parlant de la Victoire :

Je la vois qui t'appelle & qui semble te dire,
Roi, le plus grand des Rois, & qui m'est le plus cher;
Si tu veux que je t'aide à sauver ton Empire,
Il est tems de marcher.

Que ſa façon eſt brave, & ſa mine aſſurée;
Qu'elle a fait richement ſon armure étoffer,
Et qu'il ſe connoit bien à la voir ſi parée,
Que tu vas triompher.

Il ajoute :

Telle, en ce grand aſſaut, où des fils de la Terre,
La rage ambitieuſe, à leur honte, parut,
Elle ſauva le Ciel, & rua le tonnerre,
Dont Briaré mourut.

Déja de tous côtés s'avançoient les approches;
Ici couroit Mimas, là Typhon ſe battoit;
Et là, ſuoit Eurite, à détacher les roches
Qu'Encelade jettoit.

A peine cette vierge eût l'affaire embraſſée,
Qu'auſſi-tôt Jupiter, en ſon trône remis,
Vit, ſelon ſon déſir, la tempête ceſſée,
Et n'eut plus d'ennemis.

Ces coloſſes d'orgueil furent tous mis en poudre,
Et tous couverts des monts qu'ils avoient arrachés,
Phlegre qui les reçut, put encore la foudre,
Dont ils furent touchés.

L'exemple de leur race à jamais abolie,
Devoit ſous ta merci les rebelles ployer :
Mais ſeroit-ce raiſon qu'une même folie,
N'eût pas même loyer?

Rousseau, le premier des Poëtes lyriques François, ne craignit pas qu'on lui reprochât la licence des digressions. Il est vrai, qu'ainsi que Malherbe, il semble qu'elles ne soient chez lui que des comparaisons; mais lorsqu'une comparaison seule est aussi grande que le reste de l'Ode, & qu'elle offre mille détails qui n'ont aucun rapport à l'objet comparé; n'est-ce pas là une digression? Dans l'Ode adressée à S. E. Mr. Grimani, Ambassadeur de Venise à la Cour de Vienne, sur le départ des troupes impériales, pour la campagne de 1716 en Hongrie; ce Poéte, après avoir dit un mot sur ce départ, & loué M. Grimani, d'avoir sû ménager ce secours à sa patrie, finit son Ode assez médiocre par cette belle digression.

C'est ainsi que du jeune Atride,
On vit l'éloquente douleur,
Intéresser à son malheur,
Les Grecs assemblés en Aulide;
Et d'une noble ambition,
Armer leur colere intrépide,
Pour la conquête d'Ilion.

En vain l'inflexible Neptune
Leur oppose un calme odieux,
En vain l'interprête des Dieux
Fait parler sa crainte importune;
Leur invincible fermeté,

Lasse enfin l'injuste fortune,
Les vents & Neptune irrité.

La constance est le seul remede,
Aux obstacles du sort jaloux;
Tôt ou tard, attendris par nous,
Les Dieux nous accordent leur aide;
Mais ils veulent être implorés,
Et leur résistance ne céde
Qu'à nos efforts réitérés.

Ce ne fut qu'après dix années
D'épreuves & de travaux constans,
Que ces glorieux combattans
Triompherent des destinées,
Et que bien loin des bords Phrygiens,
Ils emmenerent enchaînées,
Les veuves des héros Troyens.

La plus grande louange que l'on puisse donner au style de Pindare & à la marche singuliere & bizarre de la plupart de ses Odes, est de faire observer que les poëtes lyriques, qui ont paru après lui, se sont fait un devoir de l'imiter & de marcher sur ses traces. Horace, chez les Romains; Dryden, chez les Anglois; Klopstock, en Allemagne; Filicaya, la Chiabre, en Italie; Malherbe & Rousseau, parmi nous; tous, en un mot, ont été les éleves du chantre

Thébain, & se sont formés à son école.

Rousseau a, par dessus tous les autres, un talent particulier pour embellir, en les imitant, les morceaux qui en paroissoient le moins susceptibles. Remarquez quel parti il tire du commencement obscur & si souvent critiqué de la premiere Olympique, quand il dit :

Dans sa carriere féconde,
Le Soleil, sortant des eaux,
Couvre d'une nuit profonde
Tous les celestes flambeaux :
Entre les causes premieres,
Tout céde aux vives lumieres,
Du feu créé par les Dieux ;
Et des dons que nous étale,
La richesse orientale,
L'or est le plus radieux.

Telle, ô prince magnanime,
Ta lumineuse clarté,
Offusque l'éclat sublime,
De toute autre Majesté....

Il ne sera pas inutile de rapporter ici les jugemens de divers anciens, & les éloges qu'ils donnent à Pindare.

Eupolis, poëte comique, déplore la corruption des esprits de son siecle, " qui avoient, dit-il, plus d'amour pour

„ les vers lascifs des autres poëtes, que
„ pour la muse de Pindare, c'est-à-dire,
„ plus d'estime pour la vilaine écume
„ du plomb, que pour l'or le plus pur ".

Denis d'Halicarnasse, dans son Traité de l'examen des paroles, dit que Pindare est admirable dans le choix de ses mots & de ses pensées; qu'il a de la grandeur, de l'harmonie, de l'abondance, de l'ordre & de la vigueur dans ses expressions; que tout cela est accompagné chez lui, d'une certaine force grave & serrée, mais toutefois mêlée d'une douceur agréable; qu'il est merveilleux pour les sentences, l'énergie, les figures & l'adresse à peindre les mœurs, les amplifications & l'élocution, & sur-tout par cette humble honnêteté de mœurs, qui paroît dans ses écrits, où la tempérance, la piété & la grandeur d'ame éclatent par-tout.

Le même Auteur, au livre de l'éloquence de Démosthenes, après avoir expliqué, fort au long, ce qu'il entend par *harmonie austere*, conclut en disant, " que
„ la diction d'Eschyle, entre les poëtes
„ tragiques, & celle de Pindare toute
„ entiere, entre les lyriques, en fournissent suffisamment d'exemples ".

" Des neuf poëtes lyriques, dit Quintilien, Pindare eſt le premier, & il ſurpaſſe de beaucoup les autres, par l'élévation des penſées, par les maximes, par les figures, par une heureuſe abondance de mots & de choſes, & par un torrent d'éloquence qui lui eſt propre; qualités, ajoute-t-il, qui rendent Pindare inimitable, ainſi qu'Horace l'a juſtement obſervé". Voyons donc ce que dit Horace.

" Pindare eſt au-deſſus de nos imitations; vouloir l'atteindre, c'eſt vouloir s'élever au milieu des airs, à la ſuite de Dédale, ſur des aîles empruntées, & s'expoſer à la deſtinée d'Icare, qui laiſſa ſon nom à la mer, où il trouva ſon tombeau. Tel qu'un torrent, groſſi par les orages, ſurmonte ſes bords & précipite ſes eaux impétueuſes du haut des montagnes, telle la bouillante éloquence de Pindare, coule d'un riche ſond avec une affluence inépuiſable de penſées & d'expreſſions. Sur quelque ſujet qu'il exerce ſon génie, il enleve tous les lauriers d'Apollon. Tantôt l'audace dithyrambique l'affranchiſſant des regles ordinaires, lui fait enfanter de nouveaux mots & de nouvelles cadences, par une harmonie

„ heureusement hasardée. Tantôt il célebre les Dieux, ou les héros issus de „ leur sang, qui punirent la brutale témérité des Centaures, & défirent la „ Chimere, dont le souffle enflammé répandoit par-tout la terreur. Souvent il „ chante ces héros d'Elide, qui ont éternisé leurs noms aux jeux Olympiques, „ dans les combats du Ceste ou à la „ course des chevaux, & il leur donne, „ dans ses vers, des éloges plus glorieux „ & plus durables, que ne le seroient „ mille statues élevées en leur honneur. „ Quelquefois, mêlant ses larmes à celles „ d'une épouse que la Parque vient de „ plonger dans le deuil, il tire de l'oubli & consacre à l'immortalité, la force, le courage & les mœurs du cher „ époux qu'il regrette. Toutes les fois „ que ce cygne Thébain prend l'essor, „ il se dérobe à nos yeux & va se perdre dans les nues; loin de s'affoiblir, „ il se soutient toujours avec une force „ égale ".

Nous aurions pu joindre à ces témoignages ceux d'Athénée, d'Aulu-Gelle & de quelques autres Auteurs; mais ce que nous avons rapporté est plus que suffisant pour justifier les éloges que nous avons donnés au ſtyle de Pindare, & pour faire voir que nous n'avons fait, en les lui prodiguant, que ſuivre les traces des plus beaux génies de l'antiquité.

Je finirai par une courte obſervation. Pindare n'étoit point un de ces hommes qui ſe bornent à exceller dans un genre; il compoſa des vers ſur différens ſujets: mais, à l'exception de ſes Odes, tous ces ouvrages n'exiſtent plus; à peine leur titre a-t-il pu échapper aux ravages du tems. On ne ſauroit trop regretter cette perte, puiſqu'au rapport des plus ſavans auteurs, nous ne poſſédons que ce qu'il avoit compoſé de moins parfait.

Suidas nous apprend le nom de ces ouvrages dans le paſſage ſuivant. " Il „ avoit écrit dix-ſept ſortes de poéſies en „ dialecte Dorique: ſavoir, les Olym- „ pioniques, les Pythioniques, les Pro- „ ſodies, les Parthénies, les Enthroniſ- „ mes, les Bacchiques, les Daphnepho- „ riques, les Pœans, les Hyporchemes, „ les Hymnes, les Dithyrambes, les „ Scolies, les Encomies, les Threnes, dix- „ ſept Tragédies, & les Epigrammes ou „ Inſcriptions Epiques. Il avoit auſſi com- „ poſé en proſe des Harangues adreſſées „ aux Grecs & pluſieurs autres pieces ".

Deux réflexions se présentent à faire sur ce passage. 1°. Pourquoi Suidas, dans cette énumération, passe-t-il sous silence les Odes Némiques & Isthmiques? les a-t-il oubliées? Cela ne paroît pas vraisemblable. Est-ce une erreur & une omission? Elle seroit bien grossiere.

2°. Il appelle Olympioniques, Pythioniques, ce que tous les autres auteurs appellent Olympiques, Pythiques, ce qui est une erreur de ces derniers, que Casaubon a corrigée dans ses remarques sur Théocrite, où parlant, par occasion, de ces mots Olympioniques, Pythioniques, il ajoute, “ que ce sont des mots „ qu'il faut mettre à la tête des livres „ de Pindare, au lieu de ceux que nous „ y voyons, lesquels y sont mal mis, si „ je ne me trompe, le Poëte n'ayant pas „ eu dessein de louer les jeux, mais seulement ceux qui y avoient remporté le „ prix ”. Telles sont les remarques que j'ai cru devoir faire sur le style du prince des lyriques. Je me hâte de passer à un autre objet.

DISCOURS
TROISIEME.

Réflexions sur les Strophes, les Anti-Strophes, les Epodes & les Dialectes.

UNE chose qui mérite d'être observée dans les Odes de Pindare, c'est qu'elles sont divisées en strophes, anti-strophes & épodes. Les auteurs anciens n'ayant pas eu soin de nous instruire à fond sur ces objets, nous ne pouvons présenter au lecteur que le peu qui se trouve dispersé dans les Grammairiens & les Scholiastes, éclairci par nos propres observations.

Les Odes composées par les premiers poëtes, furent non-seulement embellies par tous les charmes de la poësie; non-seulement elles furent relevées par le son des instrumens les plus harmonieux, mais encore on les accompagna de danses, parce que la poësie & la musique étant, dans leur commencement, uniquement consacrées à célébrer les louanges de la Divinité, & que la danse l'étant aussi, on ne crut pas devoir les séparer. Ceci mérite d'être éclairci.

Je dis que dans son commencement, la poésie fut uniquement consacrée à célébrer les louanges de la Divinité. En effet, cet art qui nous paroît aujourd'hui si profane, prit naissance au milieu des fêtes destinées à honorer l'Etre Souverain. "Dans ces jours, nous dit un historien, où les Hébreux célébroient la mémoire des merveilles que le Dieu d'Israël avoit opérées en leur faveur, & où, libres de travaux, ils se livroient à une joie innocente & pure, ainsi que nécessaire; tout rétentissoit de cantiques sacrés, dont le style noble, sublime & majestueux, répondoit à la grandeur du Dieu qui en étoit l'objet. Quelle foule de beautés vives & animées dans ces divins cantiques! Les fleuves qui remontent vers leur source.... les mers qui s'entrouvrent & qui fuient... les collines qui tressaillent, & les montagnes qui fondent comme la cire & qui disparoissent... le ciel & la terre qui écoutent avec respect & en silence... toute la nature qui s'ébranle devant la face de son Auteur".

Quel eſt l'homme doué de bon goût, quand même il ne ſeroit pas rempli de reſpect pour les livres ſacrés, qui en liſant les cantiques de Moyſe avec les mêmes yeux dont il lit les odes de Pindare, ne ſera pas contraint d'avouer que ce Moyſe, que nous reconnoiſſons comme le premier hiſtorien & le premier légiſlateur du monde, eſt en même tems le premier & le plus ſublime des poëtes?

Lorſque les hommes eurent transféré aux créatures l'hommage qui n'eſt dû qu'au Créateur, la poéſie ſuivit le ſort de la religion, en conſervant néanmoins toujours des traces de ſa premiere origine. On s'en ſervit à remercier les fauſſes divinités de leurs prétendues faveurs, & à leur en demander de nouvelles. Et même, ſi on l'appliqua dans la ſuite à d'autres uſages, on eut cependant ſoin de la ramener à ſon ancienne deſtination: Héſiode mit en vers la généalogie des Dieux. Un poëte très-ancien compoſa à leur honneur les hymnes que l'on attribue ordinairement à Homere. Callimaque en compoſa auſſi.

Cette poéſie releva encore ſes agrémens par ceux de la muſique; on crut que fécondée par cette derniere, elle en deviendroit plus agréable aux Dieux; que les hymnes, portées ſur les aîles de l'harmonie, ſeroient plus favorablement écoutées; qu'elle entretiendroit, ou même rallumeroit dans le cœur des dévôts, le reſpect, l'admiration, l'enthouſiaſme; qu'en calmant les paſſions impétueuſes, en appaiſant les tempêtes de l'ame, elle la rendroit plus acceſſible aux ſentimens religieux dont on vouloit la pénétrer.

" L'ancienne religion, dit Greſſet dans „ ſon diſcours ſur l'harmonie, étoit „ fondée & établie ſur le ſecours de la „ muſique. Par elle, les premiers légiſ- „ lateurs des nations étoient ſûrs d'en- „ gager, de perſuader, de ſoumettre les „ eſprits. Ils ſavoient qu'on ne gagne „ bien ſûrement les cœurs que par l'ap- „ pas du plaiſir; qu'on facilite les de- „ voirs en leur aſſociant l'agrément, qu'il „ faut parer les vertus, égayer les le- „ çons, dérider la ſageſſe, orner la rai- „ ſon & prêter des graces à des loix trop „ auſteres & à des vérités trop triſtes. „ Ils ſavoient qu'il faut prendre l'homme „ dans des filets dorés; que c'eſt un en- „ fant malade qu'il faut flatter. Auſſi „ Hermès, Triſmegiſte, Orphée, le der- „ nier Zoroaſtre, les Gymnoſophiſtes, „ tous

» tous les fondateurs des religions di-
» verſes, connoiſſant le goût naturel de
» l'homme pour les agréables accords,
» mirent à profit cette ſenſibilité ; ils
» donnerent à l'harmonie l'une des pre-
» mieres places dans le ſanctuaire. En
» donnant des Dieux aux hommes, ils
» confierent au pouvoir & aux regles
» du chant l'hiſtoire de ces divinités,
» les hymnes, les loix, les fètes, les
» chants de la victoire, de l'hymen, des
» funérailles ; perſuadés que leur religion,
» placée ſur l'autel, à côté de la paiſible
» harmonie, s'y maintiendroit plus
» long-temps, que ſi ſon autorité étoit
» ſeulement gravée ſur le marbre ou ſur
» des tables de bronze, & que ſi elle
» ne régnoit que par la terreur, au mi-
» lieu des feux & la foudre en main ".
La muſique fut donc, dès ſon origine, la compagne aimable & fidelle de la poëſie ; elle fit, ainſi qu'elle, une partie du culte divin.

La muſique & la danſe ſont ſi intimément unies par des liens ſecrets, parce qu'elles ſont, l'une & l'autre, l'expreſſion du ſentiment, que dès que la premiere eût été introduite dans le ſanctuaire, & conſacrée à la religion, la ſeconde dût l'être aussi ; & la preuve qu'elle le fut, c'est que l'on trouve chez toutes les nations, au nombre des cérémonies religieuses, la danse appellée *sacrée*.

Les Juifs la pratiquoient dans les fêtes solemnelles établies par la loi, ou dans les occasions de réjouissance publique, pour rendre graces à Dieu & pour l'honorer. Cet usage avoit lieu chez ce peuple, même avant la publication de la Loi ; car après le passage de la mer Rouge, Moyse & sa sœur chanterent & danserent un ballet solemnel d'actions de graces. " Alors, dit l'Ecriture, Marie
„ la prophêtesse, sœur d'Aaron, prit
„ un tambour en main, & toutes les
„ femmes sortirent après elle avec des
„ tambours & des flûtes, devant lesquel-
„ les elle entonnoit, disant : Chantons
„ à l'Eternel, car il s'est hautement
„ élevé ; il a jetté dans la mer le che-
„ val & son cavalier ".

Lorsque la Nation sainte célébroit quelque événement heureux, où le bras de Dieu s'étoit manifesté d'une maniere éclatante, les Lévites exécutoient des danses solemnelles.

David se joignit à ces Ministres sacrés, & dansa en présence de tout le peuple, lorſque l'Arche fut ramenée de la maiſon d'Obed-Edom à Bethléem.

Dans les Pſeaumes de David, on trouve des traces de la danſe ſacrée. Auſſi un fameux commentateur, c'eſt Lorin, a dit: " *Exiſtimo in utroque Pſalmo, no-* „ *mine chori, intelligi poſſe cum certo inſtru-* „ *mento homines ad ſonum illius tripudian-* „ *tes;* & plus bas: *De tripudio ſeu de* „ *multitudine ſaltantium & concinentium,* „ *minimè dubito. In Pſalm.* 149 *v.* 3. On voit même dans les deſcriptions des temples Juifs, qu'une de leurs parties étoit fermée en eſpece de théatre, qu'on nommoit *chœur*, & où s'exécutoient des danſes dans les jours de fêtes.

La danſe *ſacrée* ne ſe trouve pas ſeulement chez le peuple Juif, elle étoit pratiquée chez les Egyptiens, qui l'inſtituerent à l'honneur d'Iſis. On leur doit auſſi l'invention de la danſe aſtronomique, danſe qui s'exécutoit dans les temples pour honorer les Dieux, & qui repréſentoit, par des mouvemens variés, des pas aſſortis, & de certaines figures, l'ordre, le cours des aſtres & leurs différentes révolutions. Platon & Lucien en parlent comme d'une invention ſublime.

Orphée, qui avoit puiſé toutes ſes idées

ſur la divinité & ſon culte, chez les Egyptiens; qui emprunta d'eux les cérémonies, les fêtes, les myſteres, introduiſit auſſi chez les Grecs la danſe ſacrée, & en fit une partie du culte des Dieux; & depuis lui, toutes les fois qu'on élevoit un autel nouveau, on ne manquoit jamais d'en faire la conſécration par des danſes publiques.

Des Grecs, la danſe ſacrée paſſa chez les Romains. Qui ne connoît pas celle qui étoit exécutée par les Saliens, prêtres de Mars? Une foule d'auteurs en font mention.

Les Gaulois, les Allemands, les Eſpagnols, les Cimbres en eurent auſſi; en un mot, chez toutes les nations, dans toutes les religions anciennes, les prêtres furent danſeurs par état, & la danſe fut mêlée au culte.

Il étoit abſolument néceſſaire de faire obſerver cet uſage, qui ſeul peut répandre quelque lumiere ſur ce que l'on doit entendre par les *ſtrophes*, *anti-ſtrophes* & *épodes*, & nous aider à nous en former des idées juſtes; venons maintenant plus particuliérement au ſujet de cet article.

Dans le temps donc que la muſique

& la danſe accompagnoient inſéparablement l'Ode, qui célébroit, en vers, les louanges des Dieux, cette derniere eſpece de poéſie fut diviſée en couplets; on appelloit *ſtrophe* cette premiere partie de l'Ode, que le chœur chantoit en danſant autour de l'autel, au ſon de la lyre, de droite à gauche; mouvement par lequel on vouloit repréſenter celui du monde, d'Orient en Occident; car Homere & d'autres poëtes anciens appellent à droite ce qui eſt à l'Orient.

La ſtrophe finie, le chœur continuoit la danſe, mais dans un ſens contraire; c'eſt-à-dire, de gauche à droite, pour imiter, par ce mouvement, celui des planetes qui tournoient d'Occident en Orient; & cette ſeconde partie de l'Ode, que l'on chantoit pendant cette nouvelle converſion, prenoit de là le nom d'*antiſtrophe.* Une regle conſtante, c'eſt que les vers de celle-ci devoient être exactement du même nombre, de la même eſpece & dans le même arrangement que ceux de la ſtrophe. Qui ne voit que ces mouvemens du chœur ſont une imitation de la danſe aſtronomique, inventée par les Egyptiens?

Dans la ſuite, Stéſichore termina chaque révolution par une pauſe aſſez longue, pendant laquelle le chœur immobile devant la ſtatue du Dieu, pour repréſenter la ſolidité de la terre, chantoit tantôt debout & tantôt aſſis, un troiſieme couplet, qui étant la cloture des deux autres, fut de là appellé *épode*, mot grec qui ſignifie, *chanter par-deſſus*, ou *chanter pour finir*.

L'épode étoit ou plus longue ou plus courte que la ſtrophe, rarement elle lui étoit égale; l'eſpece de vers étoit différente, & elle ne ſe chantoit pas ſur le même air.

Ce Stéſichore, qui fut, dit-on, le premier inventeur de l'épode, nâquit dans la 37e. Olympiade, quelque temps avant le poëte Simonide, qui fait mention de lui; il pouvoit avoir 12 ans, lorſqu'Homere mourut. Sa patrie étoit Himere, ville de Sicile. On l'appelloit d'abord Tiſias, mais depuis le changement qu'il fit dans les chœurs, on lui donna le nom de Stéſichore, nom qui déſigne exactement cette pauſe du chœur qu'il avoit introduite. Pauſanias raconte que ce poëte ayant perdu la vue, en punition des vers mordans qu'il avoit faits contre Hélene, ne la recouvra, qu'après avoir retracté ſes médiſances, par une piece contraire à la premiere; ce qu'on appella depuis, *chanter la palynodie.*

Outre cette ſignification du mot *épode*, il en avoit encore d'autres qu'il n'eſt pas inutile de faire obſerver. 1°. On appelloit ainſi un petit poëme lyrique, compoſé de pluſieurs diſtiques, dont les premiers vers étoient ïambes, trimetres ou de ſix pieds, & les ſeconds, dimètres ou de quatre pieds. De ce genre, étoient les Epodes d'Archiloque; pieces dans leſquelles ce Poëte, nâtif de Paros, & auſſi ſpirituel que méchant, déchiroit impitoyablement la réputation de Lycambe & celle de Néobulé ſa fille.

2°. Victorinus, le Grammairien, veut que dans ces ſortes d'ouvrages, ce ſoit proprement le petit vers qui s'appelle épode, parce qu'il termine le ſens du diſtique, comme dans les Odes, l'épode termine le chant. *Hinc vocabulum ſumptum in has epodas, quæ binos verſus impares habent, nam ut illa canticum finiebat, ſic hæc ſenſum verſu inſequenti.* Ce Grammairien ajoute, que comme dans l'élégie, le vers hexamètre ne peut par lui-même, & ſans le pentamètre qui le ſuit, remplir la meſure du diſtique élégiaque, il en eſt de même dans l'épode, où chaque vers trimêtre ne doit point ſe faire entendre ſans être ſuivi du petit vers dimêtre qui en fait comme la clôture ou le ſupplément. *Nam neque per ſe verſus hexameter, ſine ſequente pentametro elegiacum metrum implebit, neque in epodis ſinguli verſus ſine clauſulis ſuis & aſſequelis, audiri potuerunt.* Il obſerve plus bas que dans ces diſtiques, dont les deux vers dépendent mutuellement l'un de l'autre, dans l'élégie; par exemple, & dans l'épode, les Grecs ont nommé les premiers *Proodiques*, & les derniers *Epodiques.*

3°. Le Grammairien & Poëte Terentianus, donne le nom d'*épode*, au demi vers élégiaque. Victorinus lui-même le donne en quelque endroit au petit vers Adonien, mis après trois vers Saphiques; & ailleurs à un petit poëme compoſé de pluſieurs vers Adoniens, rangés de ſuite.

4°. Enfin, on a étendu la ſignification du mot épode, à déſigner tout petit vers mis à la ſuite d'un ou de pluſieurs grands. C'eſt l'idée qu'en donne le Grammairien Hepheſtion. Diomede en donne auſſi la même idée. *Epodi dicuntur verſus quolibet modo ſcripti, & ſequentes clauſulas habentes particularum quales ſunt Epodi*

Horatii, in quibus ſingulis ſingulæ clauſulæ adjiciuntur.

Malgré le ſentiment de ce dernier auteur, je croirois plutôt qu'on a donné au 5e. livre des Odes d'Horace, le nom d'*Epodes*, pour indiquer qu'elles étoient la concluſion ou le ſupplément des Odes, comme dans Platon, l'*Epinomis* eſt la concluſion & le ſupplément du Livre des Loix; & comme dans les Odes grecques, l'*Epode* eſt la concluſion & le ſupplément des deux premiers couplets & de la muſique qui les accompagne. Au reſte, je puis me tromper.

J'ai dit que l'on mettoit dans chaque Ode, premiérement une ſtrophe, enſuite une anti-ſtrophe, & enfin une épode; mais ce n'eſt pas une regle conſtante chez les poëtes; car tantôt on les trouve arrangées, comme je viens de l'indiquer, tantôt l'épode eſt la premiere, ſuivie de la ſtrophe & de l'antiſtrophe. Les uns placent une ſtrophe, une épode, une anti-ſtrophe & une autre épode; d'autres, une épode, une ſtrophe, une épode, une anti-ſtrophe & une derniere épode. Si l'épode eſt au commencement, on appelle ces pieces *Proodiques*; ſi elle eſt au milieu, on les appelle *Méſodiques*, & *Epo-*

diques, ſi elle eſt à la fin. Les Odes de Pindare ſont de ce dernier genre. Si elle s'y trouve répétée, elles prennent le nom de *Palinodiques.* Quand elles n'ont pas aſſez de vers pour former une ſtrophe, on les appelle *Aſtrophiques ; Monoſtrophiques*, quand elles ont une ou pluſieurs ſtrophes ; quand elles ont la ſtrophe & l'anti-ſtrophe, on les nomme *antiſtrophiques* ; quand leurs ſtrophes ſont interrompues par quelques vers mis entre deux, elles prennent le nom d'*Anomoioſtrophiques* ; mais ces détails ſont trop inutiles, pour mériter que nous nous y arrêtions davantage.

Quelques Poëtes lyriques, du nombre deſquels étoit Terpandre, diviſoient différemment leurs Odes, & donnoient d'autres noms aux ſept parties dont ils les compoſoient, appellant 1°. *Eparchie*, le prélude ou l'invocation de la divinité célébrée. 2°. *Métarchie*, la ſuite du prélude, ou le commencement de la piece. 3°. *Catatrope*, (mot qui ſignifie quelque progreſſion, quelque converſion vers la ſtatue) la partie que l'on chantoit en danſant autour de l'autel, & qui répond à la ſtrophe. 4°. *Métacatrope*, ce que l'on chantoit pendant un mouvement contraire, ce qui répond à l'anti-ſtrophe.

5°. Ils nommoient *Omphale*, ce qui terminoit la piece, comme qui diroit l'épode des autres poëtes. 6°. *Sphragide*, l'invocation finale; & enfin 7°. *Epilogue*, la conclusion, dans laquelle le poëte s'adressoit aux assistans. C'est à Pollux que nous devons ces détails plus savans qu'utiles.

Du sein des temples, les Odes accompagnées de musique & de danses, passerent sur le théatre. Faites d'abord pour célébrer les louanges des Dieux, elles y servirent à instruire les spectateurs en les amusant; elles s'unirent à la tragédie, devinrent le partage du chœur, & amenerent avec elles les strophes, les anti-strophes & les épodes. Voici comme s'exprime, sur ce sujet, le savant Pere Brumoy, dans son discours sur la tragédie grecque.

" Les acteurs qui composoient le
» chœur, s'arrangeoient de maniere, que
» quand ils étoient quinze, ils paroissoient sur trois rangs de cinq, ou sur
» cinq de trois, & de même à proportion, lorsqu'on les réduisit à douze.
» Car l'arrangement rouloit alors sur les
» nombres trois & quatre. Ils faisoient
» ensuite diverses évolutions, & prenoient des airs, soit de joie, soit de

„ triſteſſe, ſuivant l'impreſſion que leur „ donnoit le guide ou le coryphée. Le „ mouvement le plus ordinaire étoit „ myſtérieux, & venoit de la ſuperſtition „ qui regne encore aujourd'hui chez les „ Turcs, & qui conſiſte à imiter les ré- „ volutions des cieux & des aſtres, en „ tournant comme eux; le chœur alloit „ de droite à gauche, pour imiter le „ cours journalier du firmament d'o- „ rient en occident; ce tour s'appelloit „ *ſtrophe*; il déclinoit enſuite de gauche „ à droite, par égard aux planetes, qui, „ outre le mouvement commun, ont „ encore le leur particulier d'occident „ en orient; c'étoit l'*anti-ſtrophe*, ou le „ retour. Enfin, le chœur s'arrètoit au „ milieu du théatre pour y chanter un „ morceau que l'on nommoit *épode*, & „ pour marquer, par cette ſituation, „ la ſtabilité de la terre.

„ Il eſt vraiſemblable que ces évolu- „ tions, accompagnées de chants & de „ danſes, que l'on ne ſauroit bien figu- „ rer aux yeux, ſe varioient ſur le théa- „ tre en mille formes différentes, com- „ me cela ſe pratiquoit dans les jeux. „ L'on ſait que Théſée en établit, qui „ repréſentoient à l'œil, par le moyen

„ des danſes, le labyrinthe dont il avoit
„ eu le bonheur de s'échapper. Quoiqu'il
„ ſoit aſſez difficile de donner une idée
„ bien nette de ces marches & de ces
„ contre-marches, on comprend aiſément
„ par les figures de nos chœurs, qu'elles
„ devoient être fort variées & fort agréa-
„ bles, ſur les vaſtes théatres d'une ré-
„ publique polie, qui n'épargnoit rien
„ pour l'agrément & la ſplendeur des
„ ſpectacles ".

La diviſion des chants du chœur, dans les Tragédies, en différents couplets, étoit ſujette aux mêmes variations que nous avons déja remarquées dans l'Ode; mais elle en avoit encore une particuliere que je ne rencontre pas dans les poëtes lyriques, ni dans le tragique Eſchyle, mais ſouvent dans Euripide, & plus ſouvent encore dans Sophocles; en voici un exemple, tiré de l'Oreſte d'Euripide. Le chœur y eſt diviſé en cette maniere: une *ſtrophe*, un *ſyſtême*, une ſeconde ſtrophe, un ſecond ſyſtême; une troiſieme ſtrophe, qui devroit être ſuivie d'un troiſieme ſyſtême, quoiqu'elle ne le ſoit pas; puis une *anti-ſtrophe* & un *anti-ſyſtême*; une ſeconde anti-ſtrophe, un ſecond anti-ſyſtême; une troiſieme anti-ſtrophe &

un troisieme anti-systême; différence qui, au reste, n'existe que dans les termes, & qui n'offre autre chose que des *strophes* & des *anti-strophes* ordinaires, séparées par un assemblage ou mêlange de vers différens; mêlange que les Grecs appelloient *systême*. Mais comment se chantoit le systême? quelle étoit en ce moment la situation du chœur? comment différoit-il de l'épode? C'est ce qu'il est aussi difficile qu'inutile d'éclaircir.

Les Odes de Pindare, me dira-t-on, étoient employées uniquement à célébrer la gloire des athletes vainqueurs dans les jeux de la Grece, & quoiqu'elles fussent encore indispensablement chantées avec l'accompagnement de la lyre, elles n'étoient cependant pas récitées dans les temples des Dieux; elles n'étoient pas unies à la danse; pourquoi le poëte a-t-il donc encore conservé la même division & les mêmes noms de strophes, d'anti-strophes & d'épodes?

Il les a conservés, non pour exprimer, comme auparavant, les mouvemens & les positions du chœur, qui n'y étoit plus joint, mais parce qu'il les trouva très-propres à représenter & à marquer les diverses parties de la musique ou de l'air ſur lequel elles devoient être chantées. Dans ce Poëte, la ſtrophe contient, & c'eſt l'idée qu'il faut s'en faire, les vers qui devoient être chantés ſur la premiere partie de l'air ; l'anti-ſtrophe, ceux qui devoient être chantés ſur ce même air répété ; l'épode contenoit ceux qui devoient l'être ſur la ſeconde partie ; la ſeconde ſtrophe avertiſſoit que l'on devoit retourner à la premiere partie de l'air, & ainſi de ſuite. Ces termes ne ſont plus en uſage, parce que dans notre muſique moderne, on y a ſuppléé par des ſignes. Dans notre Poëte, ils ne ſont plus rélatifs à la danſe, parce que de ſon temps, elle n'accompagnoit plus les Odes, mais à la muſique qui leur étoit encore inſéparablement unie.

Horace avoit tranſporté de Grece à Rome la poëſie lyrique. Il avoit imité les Odes des poëtes Grecs, & ſur-tout celles de Pindare ; & cependant il ne diviſe point les ſiennes à leur maniere. On n'y rencontre pas les ſtrophes, les anti-ſtrophes & les épodes, elles ne ſont point partagées ; & c'eſt lorſque tous les vers ſont de même eſpece, qu'elles le ſont en couplets, ſemblables au premier par le nombre, le méchaniſme &

l'arrangement des vers, (couplets que les Grecs auroient appellés ſyſtèmes.) En voici la raiſon.

Du temps d'Horace, la muſique ſe ſépara inſenſiblement de l'Ode. La poëſie lyrique, belle par elle-même, ſe flattant de plaire par ſes propres attraits, n'empruntoit plus ſi ſervilement ceux de l'harmonie, penſant que ſa marche noblement & agréablement cadencée, étoit ſuffiſante pour ſéduire & pour charmer; elle ſe haſarda à ſe montrer quelquefois ſeule, elle négligea de ſe parer d'ornemens étrangers. A Rome, les Odes d'Horace étoient vraiſemblablement plus lues & récitées qu'elles n'étoient chantées; & s'il y avoit une muſique ſur laquelle les paroles fuſſent ajuſtées, ce qui n'eſt pas encore démontré, cette muſique n'avoit pas différentes parties. Qu'avoit-il donc beſoin de les diviſer en *ſtrophes*, *anti-ſtrophes* & *épodes*? Auſſi le poëte n'en fait-il pas mention.

Les Poëtes François ont reſſuſcité le mot de ſtrophe, l'ont fait paſſer dans leur langue; ont donné ce nom aux couplets de leurs Odes, parce que ſignifiant *conversion*, il exprimoit mieux & plus briévement que tout autre, le retour ou la répétition du même méchanisme & du même arrangement de vers, qu'ils observent dans chacun de leurs couplets, composés invariablement sur le modele du premier. Mais une difference essentielle entre leurs straphes & celles de Pindare, c'est que les premieres doivent toujours être terminées par un sens parfait, regle qui les fait appeller aussi *stances*, du mot italien *stanza*, qui signifie *demeure*, *station*; au lieu que celles du Poëte Grec ne sont terminées, ni par un sens, ni par la fin d'une phrase, ni même, ce qui paroîtra étonnant, par celle du mot. Voyez le vers 45 de la 3e. Olympique. A ce que nous avons dit de la division des Odes de Pindare, ajoutons un mot du dialecte.

Le dialecte est une maniere de prononcer & de parler. Il y avoit quatre dialectes généraux & plusieurs particuliers; les quatre généraux étoient : 1°. *l'Attique*, qui étoit en usage à Athenes & qui passoit pour le plus élégant de tous; c'est celui qu'ont employé Platon, Aristote, Xénophon, Thucidide, Isocrates & Démosthene.

2°. L'*Ionique*, qui étoit usité en Ionie, contrée de l'Asie mineure, ainsi nommée, d'Ion, fils d'Apollon & de Creuse, fille d'Erichtée, dont les principales villes étoient Milet, Ephese, &c. C'est celui qui approche le plus de l'Attique; Hérodote & Hippocrates l'ont adopté dans leurs écrits.

3°. Le *Dorique*, qui étoit familier aux Doriens, peuple de la Grece, & qui se dispersa dans la suite en diverses contrées; les Laconiens s'en servoient; Archimedes, Hippocrates, *Pindare* & Théocrite s'en servirent aussi.

4°. L'*Æolique*, qui venoit des Æoliens, peuple de la Grece transplanté dans l'Asie mineure, & qui ressembloit si fort au Dorique qu'on les confond souvent l'un avec l'autre. On le trouve dans les Poësies d'Alcée & de Sapho. Les Latins l'adopterent préférablement à tout autre.

Au reste, il est rare qu'un Poëte Grec se borne à un seul dialecte; il les mêle ordinairement ensemble, ce qui passoit pour une grande beauté; de là vient qu'on dit de plusieurs qu'ils se sont servis du dialecte *commun*. Homere, par exemple, qui emploie plus souvent l'Ionien que tout autre, s'est attiré, chez les anciens, les plus grands éloges, pour avoir parlé dans un seul & même vers, les quatre dialectes & la langue commune.

C'eſt un genre de beauté, ou plutôt de ſingularité, qui ſeroit perſiflé parmi nous, & l'on n'auroit aſſurément pas pardonné à Voltaire, tout grand Poëte qu'il eſt, s'il eût mis dans un vers de la Henriade, des mots François, habillés à la Normande, à la Picarde, à la Champenoiſe.

Les dialectes particuliers ſont ceux de Béotie, de Chalcis, de Chypre, de Pamphylie, de Sicile, de Rhodes, de Sparte, d'Argos, de Lybie, de Macédoine, de Syracuſe, de Theſſalie, & un nombre infini d'autres qu'il ſeroit trop long d'indiquer.

Il ne faut pas confondre le *dialecte* avec l'*idiotiſme*; ce ſont deux choſes abſolument différentes. L'idiotiſme eſt un tour de phraſe particulier, & regarde la phraſe entiere. Le dialecte, au contraire, ne s'entend que d'un mot qui n'eſt pas tout-à-fait le même, ou qui ſe prononce autrement dans la langue commune. Par exemple, le mot *fille*, que le peuple de Paris prononce ordinairement *fi-ye*, ſans *l*; ou le mot *Saxe* que le Gaſcon prononce *Saſſe*; ou *ſpirituel* que dans quelques provinces méridionales de France, l'on prononce *iſpirituel*, voilà ce qu'en Grece on eût appellé *dialecte*. Mais rien ne sauroit nous en donner une idée plus juste que la langue Italienne moderne, le Bergamasc, le Milanois, le Vénitien, le Romain sont exactement au véritable & pur Italien, ce que l'Attique, le Dorique, &c. étoient au véritable & pur Grec.

Voici ce que dit sur ce sujet Madame Dacier, dans ses remarques sur Homere. " Pour ce mêlange des dialectes, j'avoue „ que c'est une espece d'ornement, qui „ n'est point de notre usage; mais il me „ semble que les savans conviennent „ qu'il étoit tenu pour ornement chez les „ anciens, & qu'Homere l'affectoit pour „ cette raison. Il paroît en effet qu'il l'a- „ fectoit, puisqu'on a dit, que quelquefois, „ il a mieux aimé pécher contre la quan- „ tité, que de se servir du dialecte com- „ mun. A quoi on peut ajouter, qu'il se „ voit quelque chose de fort approchant „ dans la Bible: car j'ai ouï dire à ceux „ qui l'entendent en original, que ce qui „ fait la plus grande difficulté dans les „ livres poétiques, & particulierement „ dans Job, c'est la quantité de mots „ extraordinaires qu'il faut souvent „ expliquer par les autres langues, qui

» approchent de l'Hébraïque, comme l'A-
» rabique, la Chaldaïque, le Syriaque ;
» & St. Jérôme, dans sa Préface sur
» Job, le remarque même de son temps".

Rousseau, dans son Essai sur l'origine des langues, prétend que les différens dialectes employés par Homere, semblent insinuer que, de son temps, l'écriture n'étoit point encore inventée & mise en usage. " La diversité des dialectes, dit
» cet auteur, employés par Homere,
» forme encore un préjugé très-fort ;
» les dialectes distingués par la parole,
» se rapprochent & se confondent par
» l'écriture ; tout se rapporte insensible-
» ment à un modele commun. Plus une
» nation lit & s'instruit, plus ses dialec-
» tes s'effacent, & enfin ils ne restent
» plus qu'en forme de jargon chez le
» peuple qui lit peu & n'écrit point".

Conclusion.

Je n'en dirai pas davantage sur cet article, & je renvoie aux Grammairiens ceux qui veulent connoître les différences qui se trouvent entre les dialectes, ou entre un dialecte & la langue commune : ils ont traité cette matiere à fond. J'avoue que c'eſt une étude ennuyante & pénible ; mais toute perſonne qui veut ſe faciliter la connoiſſance de la langue Grecque, & marcher rapidement dans cette agréable, mais longue carriere, devroit toujours, avant que d'entreprendre la lecture d'un auteur, ſe rendré bien familier le dialecte dont il ſe ſert; ſans cette précaution, ſût-il déjà un très-grand nombre de mots, il ſe trouvera arrêté à chaque pas, & la néceſſité de recourir ſouvent au Dictionnaire ou à la table des dialectes, lui faiſant perdre la liaiſon & le fil d'un paſſage, lui rendra ſa lecture inutile & même pernicieuſe, car il vaut mieux ne pas lire, que lire mal.

FIN.

www.ingramcontent.com/pod-product-compliance
Ingram Content Group UK Ltd.
Pitfield, Milton Keynes, MK11 3LW, UK
UKHW020919180726
13838UKWH00002B/632